Edoardo De Angelis
Sandro Veronesi

COMANDANTE

Aus dem Italienischen von
Anna Leube und Wolf Heinrich Leube

Paul Zsolnay Verlag

Die Originalausgabe erschien 2023 unter dem Titel
Comandante bei Bompiani.

Mit freundlicher Unterstützung des italienischen
Ministeriums für auswärtige Angelegenheiten
und internationale Kooperation

*Der vorliegende Roman ist eine dramatische Bearbeitung
realer Fakten und Ereignisse. Manche Namen
wurden verändert, manche Fakten und Ereignisse zu
narrativen Zwecken modifiziert oder zeitlich versetzt.*

1. Auflage 2024
ISBN 978-3-552-07389-0
© 2023 Giunti Editore S. p. A./Bompiani, Firenze-Milano
www.giunti.it
www.bompiani.it
Alle Rechte der deutschsprachigen Ausgabe
© 2024 Paul Zsolnay Verlag Ges. m. b. H., Wien
Satz: Nadine Clemens, München
Autorenfotos: © Marco Delogu / Elio Di Pace
Umschlag: Anzinger und Rasp, München
Motiv: © Warren Keelan
Druck und Bindung: GGP Media GmbH, Pößneck
Printed in Germany

MIX
Papier | Fördert
gute Waldnutzung
FSC
www.fsc.org
FSC® C014496

Eile zur Rettung mit Liebe,
der Frieden wird folgen.

RIVER PHOENIX

Es gibt drei Arten von Menschen:
die Lebenden, die Toten und die,
welche zur See fahren.

PLATON

EINLEITUNG

VON

SANDRO VERONESI

Die Geschichte, die zur Entstehung dieses Buches führte, ist wundersam, und eine wundersame Geschichte gehört erzählt. Sie spielt im Sommer 2018.

Der Sommer 2018 in Italien war furchtbar. Wie in jedem Sommer stiegen die Zahlen derer, die aus den libyschen Lagern übers Meer flohen. Es gab nur drei Möglichkeiten: Entweder landeten die mit Menschen überladenen Boote auf Lampedusa, Malta, Sizilien, in Kalabrien, oder die Migranten wurden sofort von der libyschen Küstenwache aufgegriffen und zurück in die Lager gebracht; oder aber die Fahrt endete in einer Katastrophe, wenn die Motoren ausfielen, die Schlauchboote havarierten, die Boote kenterten und die Flüchtlinge zu Schiffbrüchigen wurden. Dieser Sommer 2018 war deshalb so entsetzlich, weil in Italien anstelle einer starken Solidaritätsbewegung eine massive fremdenfeindliche Reaktion aufkam, die sich vor allem gegen diese dritte Personengruppe richtete, jene Menschen, die, selbst wenn sie sich an ein paar Wrackteile klammerten, bestenfalls nur noch wenige Stunden lang eine Überlebenschance hatten. Über sie, die Ärmsten der Armen, wurden in den sozialen Medien die niederträchtigsten Sprüche verbreitet: »Wir wünschen den Fischen guten Appetit«, »Der Spaß ist vorbei«, »Ende der Kreuzfahrt«, während die italienische Küstenwache am Eingreifen gehindert wurde und die Migranten ertranken. Nur ein paar wenige nichtitalienische Rettungsschiffe wie SAR (Search and Rescue) kreuzten in diesen Gewässern und führten von Zeit zu Zeit Rettungsaktionen durch. Danach begann jedoch die Odyssee auf der Suche nach einem Hafen, in dem die Schiffbrüchigen an Land gebracht werden konnten. Mittlerweile hatte die italienische Regierung die berüchtigte Politik der *porti chiusi* (geschlossene Häfen) eingeleitet, während die fremdenfeindliche Welle über die NGOs, die die Rettung organisiert hatten, hereinbrach und sie zum Ziel einer infamen Verleumdungskampagne machte: »Meerestaxis« wurden die Rettungsschiffe genannt, in Anspielung auf eine auch in den vielen gerichtlichen Ermittlungen nie bewiesene Komplizenschaft der Retter mit den libyschen Bootsführern – natürlich gegen Bezahlung.

In dieser verrückten, von Wut und Frustration dominierten Zeit konnte ich nicht mehr schlafen. Meine Gedanken kreisten um diese Ungeheuerlichkeiten, nichts anderes interessierte mich, in meinem ganzen Leben hatte ich noch nie eine derartig radikale und intensive Erfahrung gemacht. Um gegen mein Unbehagen etwas zu unternehmen, nahm ich Kontakt zu den Verantwortlichen der NGOs auf und ließ mich auf die Wartelisten für künftige Besatzungen setzen. Vor allem aber gründete ich zum ersten Mal in meinem Leben eine Bewegung: Ich stellte fest, dass viele meiner Freunde und Freundinnen, denen ich meine Frustration gestand, ebenso empfanden wie ich, und versammelte sie unter dem Namen »corpi«, Körper. Das sollte den Wunsch zum Ausdruck bringen, den eigenen Körper zwischen diese xenophobe Welle und deren Opfer zu stellen. Dabei verfuhr ich freilich so, als würde ich eine Geburtstagsparty veranstalten: Ich lud die Menschen ein, deren Engagement und deren Gewissenhaftigkeit bei der Ausübung ihrer Arbeit ich stets geschätzt habe; dabei stellte sich heraus, dass sich viele nur deshalb der Gruppe anschlossen, weil sie mit mir befreundet waren, dass sie sich aber nicht untereinander kannten. Ich werde die Liste aller Teilnehmer erst am Ende meiner Einleitung aufführen, möchte jedoch die Antwort von Antonio Pennacchi zitieren, einem der ganz wenigen unter ihnen, die älter sind als ich, als ich ihn zum Mitmachen aufforderte: »Verone', ich geh zwar auf zwei Krücken, aber wenn du mich bittest, dich auf dem Schiff zu begleiten, um diesen armen Teufeln beizustehen, bin ich dabei.«

Ich habe also diese Gruppe von Freiwilligen in einem Chatroom auf Signal namens »corpi« zusammengebracht. Mit dabei war auch Edoardo De Angelis, den ich erst kurz zuvor kennengelernt hatte, da meine Frau an der Werbekampagne für seinen Film *Il vizio della speranza* mitgewirkt hatte. Noch vor dem ersten Treffen und bevor ich mich von seiner brüderlichen Energie hatte anstecken lassen, war mir etwas aufgefallen: Während der Dreharbeiten schickte er jeden Morgen in der Frühe allen, die an dem Film mitarbeiteten, also auch meiner Frau, eine Nachricht, die er »Notiz« nannte. Darin gab er allen einen gemeinsamen Denkanstoß, auf den man sich während des Arbeitstages beziehen konnte. Es handelte sich jeweils um einen kurzen, brillanten Text, dessen Lektüre auch für mich, der ich gar nichts damit zu tun hatte und ihn nur beiläufig las, zu einer Quelle täglicher Inspiration wurde. Dabei wurde mir klar, dass Edoardo zu den Regisseuren gehört, die auch gut schreiben können, und das beeindruckte mich natürlich in besonderer Weise.

Unter anderem stellte Edoardo eines Morgens in unseren Chatroom einen Link zur Website von *Avvenire* ein, in dem die Erklärung Admiral Pettorinos, damals Kommandeur der Küstenwache, zitiert wurde. In seiner Ansprache zum Jahrestag der Gründung des Korps bekräftigte Pettorino zwar, dass den Anweisungen der Regierung Folge zu leisten sei, laut denen seinen

Patrouillenbooten die Rettung Schiffbrüchiger vor der libyschen Küste untersagt war, doch zugleich betonte er, dass »die Rettung von Menschenleben auf See eine gesetzliche und moralische Pflicht« sei. Danach wich er von seinem Text ab, der den Behörden im Voraus übermittelt worden war, und nahm sich die Freiheit, an den Comandante Salvatore Todaro zu erinnern, der im Zweiten Weltkrieg mit seinem U-Boot mitten auf dem Atlantik ein belgisches Schiff versenkt und anschließend unter Missachtung des Befehls von Admiral Dönitz dessen Besatzung gerettet hatte. Daraufhin hatte ihn Dönitz höchstpersönlich als »Don Quijote des Meeres« bezeichnet (schon damals ein idiotischer Begriff), aber Todaro hatte ihm die Stirn geboten und energisch seine eigene Entscheidung verteidigt, das Leben der Feinde zu retten. Dabei hatte er die Erklärung abgegeben, die sich Pettorino nun zu eigen machte und mit der er zum Ausdruck brachte, dass er mit den Anweisungen der Regierung nicht einverstanden war: »Wir sind Seeleute«, hatte Todaro gesagt, und Pettorino bekräftigte: »Wir sind italienische Seeleute, unsere Zivilisation ist zweitausend Jahre alt, und so etwas machen wir einfach.«

Beeindruckt von diesen Worten, hatte Edoardo den Vorgang genauer untersucht und dabei mehr über die Person Salvatore Todaro erfahren: Kriegsheld der italienischen Marine, einmal mit einer Tapferkeitsmedaille in Gold, dreimal mit einer Silbermedaille und zweimal mit einer Bronzemedaille für Tapferkeit ausgezeichnet. Und vor allem hatte er zahlreiche Schilderungen der von Admiral Pettorino erwähnten Episode gefunden. Alle unterschieden sich ein wenig voneinander, aber alle stimmten in dem entscheidenden Punkt überein: Er hatte Feinde in Seenot gerettet, das illustrierte diese Geschichte in aller Deutlichkeit und beklemmenden Aktualität, und diese Entscheidung mit dem eindrucksvollen Satz erklärt: »Wir sind Italiener.«

Edoardo rief mich an und fragte mich, was ich von der etwas

verrückten Idee hielte, einen Film aus dieser Geschichte zu machen. Einen Kriegsfilm. Einen historischen Film, in dem ein Offizier der Königlichen Italienischen Marine mitten im Krieg die Befehle der Deutschen missachtet und sechsundzwanzig Feinde rettet, deren Schiff er zuvor mit seinem U-Boot versenkt hat. Ich hielt das für eine großartige Idee, die wir unbedingt realisieren sollten, und erklärte, wir müssten dazu Argumente, Geschichten und Zeugenaussagen finden, auf die wir uns konzentrieren könnten, um zu beweisen, dass das, was wir für ehrlos und schändlich hielten, tatsächlich ehrlos und schändlich war. Natürlich würde das eine ganze Weile dauern, einen Kriegsfilm macht man nicht einfach so im Handumdrehen, aber das spielte keine Rolle: Ein paar Leute sollten sofort die Initiative ergreifen, andere sich mit zeitaufwendigeren Unternehmungen beschäftigen, alles wäre jedoch auf das eine Ziel ausgerichtet. Edoardo freute sich sehr über meinen Zuspruch und begann mit seinen Recherchen. Vorläufig sprachen wir nicht mehr darüber.

Und hier kommen wir endlich zum wundersamen Punkt der Geschichte, zur – ich weiß nicht, wie ich es als Nicht-Gläubiger sonst nennen soll –, zur direkten Offenbarung des göttlichen Willens. Zu den Personen, die ich eingeladen hatte, den »corpi« beizutreten, gehörte nämlich auch Jasmin Bahrabadi, eine Freundin aus Livorno, die sich mit der Förderung von Musikgruppen befasst und die ich schon lange kenne. Ich stellte sie den anderen «corpi» im Chatroom vor: Sie kannte kaum einen von ihnen. Doch, typisch für sie, chattete sie nicht nur, sondern erstellte mit großem Engagement die Teilnehmerlisten der Schiffsbesatzungen und organisierte die Unterstützungsveranstaltungen für die von uns geförderten NGOs. Bis mir Jasmin eines Morgens eine private E-Mail schickte, im Anhang einen von ihr angeregten Artikel, der auf der Titelseite des *Tirreno* veröffentlicht worden und dem von Pettorino zitierten Comandante

Salvatore Todaro gewidmet war, »einen Artikel über meinen Großvater«, wie sie schrieb.

Das heißt: Jasmin war Todaros Enkelin.

Völlig perplex bat ich sie um die Erlaubnis, den Artikel in den Chatroom zu stellen, und nachdem sie einverstanden war, teilte ich ihn mit den anderen und fügte die sensationelle Nachricht hinzu, die ich soeben erhalten hatte. Wenige Minuten später klingelte das Telefon: Es war Edoardo, ebenfalls fassungslos wie vor einer Marienerscheinung: »Du hast es gewusst, gib's zu.«

»Ich schwöre dir, nein.«

Zwei Tage später traf Edoardo mit Graziella, Todaros Tochter, in Livorno im Haus von Jasmin zusammen – in demselben Haus, in dem Todaro vor dem Krieg mit seiner Frau gewohnt hatte. Edoardo erhielt Zugang zu den zwei pietätvoll aufbewahrten Koffern mit all den Dingen, die Todaro gehört hatten: seine Briefe, die Fotografien, die Auszeichnungen, seine Bücher über Yoga und Okkultismus und die, mit denen er als Autodidakt Farsi gelernt hatte. (Ich werde mich jetzt nicht länger über Wunder auslassen, aber wer will, mag sich vielleicht fragen, warum meine Freundin Jasmin mit Nachnamen Bahrabadi heißt, aus welchem Land sie stammt und was die Muttersprache ihres Vaters ist.)

Einen Monat später erhielt ich von Edoardo die Einladung, mit ihm zusammen das Drehbuch für den geplanten Film zu schreiben. Auch wenn das Verfassen von Drehbüchern nicht zu meinen Stärken zählt, schien das ein deutlicher Wink des Himmels, und ich sagte hocherfreut zu. Eingedenk der »Notizen«, die er allmorgendlich während der Dreharbeiten zu *Il vizio della speranza* geschickt hatte, und ermutigt durch die Selbstverständlichkeit, mit der er sich seit der ersten Fassung des Drehbuchs die Sprache Todaros angeeignet hatte, machte ich auch einen eigenen Vorschlag: Während die Produzenten Vorbereitungen für den Film trafen, sollten wir zusätzlich zum Drehbuch ein Buch schreiben, das von dieser exemplarischen italienischen Geschichte ausging. Auch dieser Vorschlag wurde begeistert angenommen.

Vier Jahre später, während sich die Dreharbeiten zum Film dem Ende zuneigen, liegt nun das Buch vor. Die Fremdenfeindlichkeit ist immer noch vorhanden, kann jederzeit in neuen, gewaltsamen Wellen in Erscheinung treten, und leider ist auch der Krieg nicht mehr so weit entfernt wie damals: noch mehr Gründe, warum die Italiener (die, die zur See fahren, aber vor allem die, die das nicht tun, die sich am Strand sonnen und Beachball spielen und Strandpartys besuchen und es für richtig, ja sogar für patriotisch halten, Menschen, die vor Armut, Verfolgung und Krieg fliehen, ertrinken zu lassen) wissen sollen, wessen Kinder oder vielmehr wessen Enkelkinder sie sind.

Hier der guten Ordnung halber die Liste der Teilnehmer in alphabetischer Reihenfolge:
Roberto Alajmo, Silvia Bacci, Jasmin Bahrabadi, Alessandro Bergonzoni, Caterina Bonvicini, Marco Cassini, Manuela Cavallari, Teresa Ciabatti, Massimo Coppola, Franco Cordelli, Francesca d'Aloja, Edoardo De Angelis, Luca Doninelli, Stefano Eco, Giuseppe Genna, Silvia Giagnoni, Gipi, Simone Lenzi, Antonio Leotti, Gabriele Muccino, Michela Murgia, Antonio Pennacchi, Ricardo Rodolfi, Elena Stancanelli, Chiara Valerio, Sandro Veronesi, Paolo Virzi, Hamid Ziarati.

1

RINA

Ich gestehe.

Ich gestehe: Als sie ihn mir mit gebrochenem Rückgrat zurückbrachten, mehr tot als lebendig, aber am Leben, war ich insgeheim erleichtert. Aber nicht, weil er am Leben war, das gebe ich zu, sondern wegen des gebrochenen Rückgrats. Wir waren noch nicht lange verheiratet, er machte schnell Karriere bei der Marine, weil er der Beste war, und ich hatte mich schon damit abgefunden, denn ich wusste, dass ich einen Krieger geheiratet hatte, und wusste, was alle wussten, nämlich dass es zum Krieg kommen würde. Ich wusste, dass er seinem Land dienen würde, ohne sich zu schonen, also sein Leben dafür hingeben würde. Das hat auch mich umgebracht. Es war, als ob ein Teil von mir, so jung ich auch war, bereits tot wäre. So stand es geschrieben, ich hatte es akzeptiert, aber es hat mich umgebracht.

Dann kam der Unfall. Nicht etwa in Afrika (diesen Krieg hatten wir, vor dem großen Krieg, da unten geführt), sondern hundert Kilometer von zu Hause entfernt, in La Spezia. Es passierte nicht bei einer waghalsigen Aktion, sondern während einer Übung. Die von einem Torpedo erzeugte Welle traf das Flugzeug, mit dem er gerade wasserte, und riss ihn um. Fraktur der Wirbelsäule, für immer gelähmt. Und ich gestehe: So war er mir viel lieber, ein Invalide statt eines Gesunden, ein Rentner statt eines Comandante, mein Gefangener und der der Familie, die wir gründen wollten. Es war ein Wunder, dass er nicht tot war, aber noch wunderbarer war, dass er nicht mehr kämpfen konnte und dass er mich brauchte.

Doch das war nur von kurzer Dauer. Auch die Genesung war ein Wunder. Das Stützkorsett aus Metall war eine Tortur, es beraubte ihn jedoch nicht seiner Kraft, sondern machte ihn im Gegenteil stärker. Schon als es ihm zum ersten Mal um den Oberkörper geschnallt wurde, habe ich das begriffen. Zwei Truppenärzte, ein älterer und ein jüngerer, legten es ihm in der orthopädischen Abteilung der *Accademia* an. Ich war dabei und sah von der anderen Seite des riesigen, lichtdurchfluteten Raumes zu – aber ich war weit weg, spielte keinerlei Rolle, so, als wäre ich gar nicht da. Wer da war, und das merkte man, war der Kämpfer, der den Körper von Salvatore Todaro wieder in Besitz nahm. Dieses Metallkorsett, das er nie wieder ablegen konnte und das ihm ins Fleisch schnitt, war ein Segen für ihn, denn es verhinderte, dass er wie eine abgebrochene Blume entzweiknickte; dieses Ding hielt ihn aufrecht, und solange er aufrecht stehen konnte, konnte er kämpfen.

Es bereitete ihm große Schmerzen, doch Schmerzen zu ertragen war für ihn kein Problem – und wenn sie unerträglich wurden, gab es die Morphiumampulle.

Mit der Erleichterung war es bald vorbei. Ich kannte ihn, ich wusste, was in ihm vorging, trotzdem unternahm ich den Versuch: Ich sprach mit ihm, malte ihm das Leben aus, das ich mir mit ihm vorstellte und mit dem sich jeder andere in seinem Zustand abgefunden hätte: das Haus in der Stadt verkaufen, hinauf nach Montenero ziehen, auf halber Höhe über der Küste, wo die kleinen Bauernhöfe nichts kosteten. Von den Früchten der Erde leben, Tiere halten. Wein, Öl, Bienen, guter Honig. Kinder, die in sauberer Luft aufwachsen und sich von dem ernähren würden, was wir selbst anbauen würden, weit weg von dem Krieg, der früher oder später kommen würde. Ich konnte ihn pflegen, seine Schmerzen lindern, ihn lieben, verehren, glücklich machen, jeden Tag, jede Stunde, immer: Das sagte ich ihm nicht, aber das war auch unausgesprochen klar. Ich habe ihm meine ganze Liebe vor Augen geführt. Ich habe ihm aber auch von seiner eigenen Liebe gesprochen: Ich sagte ihm, dass er bei diesem Unfall bereits sein Leben für sein Land hingegeben hatte. »Zwei Mal?«, fragte ich ihn, »willst du es zwei Mal hingeben?«

Er hörte mir zu, sagte aber nichts. Er ging zu Betti.

Betti war Schneider, aber auch ein Medium. Salvatore suchte ihn jedes Mal auf, wann immer er eine Entscheidung treffen musste, denn Betti war in Kontakt mit seinem Geistführer – einem Krieger aus dem alten Griechenland, wie er sagt. Blind, wie er sagt. Er war Teil seiner verborgenen Seite, die eigentlich gar nicht verborgen war, denn sein Interesse an okkulten Dingen, seine orientalischen Praktiken, seine Beschäftigung mit Magie und Metempsychose verbarg er keineswegs – ich war diejenige, die nichts damit anfangen konnte. Ich glaube an Gott, basta. Nachdem Salvatore mich angehört hatte, ging er also zu Betti, und ich kann mir die Szene lebhaft vorstellen, denn einmal, vor dem Unfall, noch bevor wir verheiratet waren, nahm er mich mit zu ihm. Ein winziger Laden, vollgestopft mit Stoffen, Nadeln, Spulen, Fäden, sowie eine Tretnähmaschine, aufgestellt wie ein Altar. Betti steht schweigend da, die Augen geschlossen, das Maßband um den Hals. Salvatore sagt zu ihm: »Rina möchte, dass ich die Invalidenrente annehme. Die Mindestoption. Das Haus auf dem Land.« Betti verharrt schweigend, die Augen geschlossen und die Hände auf dem Arbeitstisch, ein, zwei, drei Minuten lang, dann beginnt er zu reden – doch es ist nicht er, der spricht: Wer da spricht, spricht Altgriechisch, eine Sprache, die er nicht beherrscht, da er nur drei Jahre in die Grundschule gegangen ist. Dann nimmt er ein Blatt Papier, seine Schneiderkreide, und schreibt – aber nicht er ist es, der schreibt:

ἔνθα δὲ Σίσυφος ἔσκεν, ὃ κέρδιστος γένετ᾽ ἀνδρῶν,
Σίσυφος Αἰολίδης· ὁ δ᾽ ἄρα Γλαῦκον τέκεθ᾽ υἱόν, αὐτὰρ
Γλαῦκος τίκτεν ἀμύμονα Βελλεροφόντην·

Ich gebe zu, dass ich wie eine eifersüchtige Ehefrau die Taschen meines Mannes durchsuchte und den Zettel darin fand. Ich gebe zu, dass ich den griechischen Text abgeschrieben und das Papier wieder in seine Tasche gesteckt habe.

Er trug es bei sich, als er ging.

2

TODARO

Ich erlebte ein paar Momente unermesslichen Glücks.

In der dunkelsten Verzweiflung blitzt hin und wieder ein Augenblick der Freude auf, der dann entsteht, wenn ich mich eins mit meinem Körper fühle.

Ein Kind.

Bienenhonig an meinen Fingern.

Beim Segelunterricht.

Don Voltolina zieht seinen Mantel aus und gibt ihn dem, der mehr friert.

Deine Beine und der Spalt, in den ich gleite.

Noch ein Kind, das meinen Tod hinauszögert.

Aber ich strebe nicht nach Glück, meine Rinuccia, ich erhebe keinen Anspruch darauf, Glück ist etwas für zufriedene Menschen, ein Gefühl, dass alles abgeschlossen ist, ein Stillstand, etwas Bürgerliches. Der blinde Grieche hat mein Schicksal vorhergesehen: Mein Sieg ist die Schlacht. In jenen Monaten der Rekonvaleszenz habe ich begriffen, dass mein Zustand als Versehrter von einem schwachen Geist erzwungen und eines Kriegers unwürdig ist. Ich öffnete und schloss meine Hand tausendmal und wartete darauf, dass das Morphium durch meine Adern strömte.

Ich habe mir eingebildet, der Schmerz sei von Bedeutung.

Dieses Metall auf meinem Körper nimmt mir den Atem, aber es beschützt mich auch. Dieses Metall ist in mein Fleisch eingedrungen, und mein Fleisch hat sich in Metall verwandelt und ist stärker geworden. Vielleicht bin ich kein Mensch mehr, oder vielleicht bin ich in ein neues Stadium der Evolution eingetreten, in dem sich das Fleisch des Menschen das Metall zu eigen macht. Und jetzt bin ich stark. Ich war innerlich verstümmelt, innerlich krank und schwach geworden. Betti hat mir die Worte des Griechen mitgegeben und meine Uniform genäht:

ἔνθα δὲ Σίσυφος ἔσκεν, ὃ κέρδιστος γένετ᾽ ἀνδρῶν,
Σίσυφος Αἰολίδης· ὃ δ᾽ ἄρα Γλαῦκον τέκεθ᾽ υἱόν, αὐτὰρ
Γλαῦκος τίκτεν ἀμύμονα Βελλεροφόντην·

Ihm ist es möglich, Dinge zu sagen, die er nicht weiß, die er nicht versteht. Er sagte sie präzise und mit Überzeugung. Dann schrieb er sie auf ein Stück Papier, damit ich sie immer wieder zu Rate ziehen kann, dieses mein Orakel. Ich steckte sie mir in die Tasche, den Griechen und seine Worte.

Ich habe das Kind gewiegt. Ich habe es genossen, wenn du das Intermezzo aus der *Cavalleria rusticana* auf dem Klavier gespielt hast. Zugleich mit der sanften Geste deiner Finger, die über die Tasten strichen, habe ich mir deine Stimme eingeprägt. Ich habe deinen wütenden Schweiß getrunken, deine bitteren Tränen geküsst.

Ich habe den Schmerz geschluckt, ohne ihn auszukosten, weil ich ihn für gänzlich bedeutungslos hielt.

Meine Rinuccia, ich habe dich die Krawatte meiner Uniform binden lassen, zum Schutz und zum Segen.

Ich habe die Hände meiner Männer gedrückt und auf jeder dieser Hände den mnemonischen Abdruck eines Dolches hinterlassen.

Ich bin geheilt.

Mich schert nicht das widrige Schicksal, aus Himmelshöhen werde ich auf den schwarzen Grund des Meeres hinabfahren.

Es ist Nacht hier in La Spezia, die leergetrunkenen Flaschen kullern im Wind. Die Takelage der Schiffe knattert. Die Seiten der ausgelesenen Zeitungen flattern im Wind.

Eine Krankenschwester singt unverdrossen auf dem Heimweg *Un' ora sola ti vorrei.* Nur eine Stunde mit dir.

Ich weiß, Rinuccia, ich weiß. Bitte …

La Spezia ist eine Reling: Auf der einen Seite ist man noch hier, auf der anderen ist man in der Leere. Wir beladen die *Cappellini* mit Reichtümern, so wie es viele Pharaonen taten, und den Männern macht die Vorstellung Spaß, sie seien selbst Könige, deshalb sage ich ihnen nicht, dass die Pyramiden, die all diese Schätze enthielten, eigentlich Sarkophage sind.

Die Truppe ist in einem beklagenswerten Zustand, aber jetzt stehen alle in Reih und Glied. Die Uniformjacken sind aufgeknöpft, die Hemden hängen über die Hose heraus, aber das ist mir egal: Ich übergebe jedem Einzelnen mit meinem Händedruck einen Dolch. Sie wissen, dass sie unter Wasser müssen, und wissen nicht, was sie mit einer Stichwaffe anfangen sollen, haben aber keine Lust zu fragen, warum sie dieses Geschenk bekommen, und bedanken sich.

Man kann nie wissen, der Feind ist weit weg, geschützt von Schichten aus Wasser und Stahl, von Tausenden von Millimetern Artilleriegeschossen, von einer teuflischen Technologie, von der sich unsere Dichter kaum eine Vorstellung machen können – doch der Feind ist irgendwo da, sein Herz schlägt noch immer, beflügelt durch den großherzigen Mut seiner britischen Philosophie und voller Angst wie wir auch.

Manch einer meint, U-Boot-Fahrer würden nicht wirklich kämpfen. Quatsch! So ein granatenmäßiger Quatsch! Auch wir haben unsere Schützengräben. Nur sind diese flüssig. Und wir kommen aus ihnen heraus und wagen das Unmögliche. So steht es als Motto auf dem Kiel dieses U-Bootes namens *Cappellini*. Es ist ein gutes Boot, ich habe seinen Bug mit scharfkantigem Stahl verstärken lassen, denn man weiß nie, ob der moderne Krieg von uns nicht ein archaisches Rammmanöver erfordert.

Den Bordelektriker Careddu lasse ich an Land. Er sieht elend aus. »Ich bin stark«, sagt er. Ich schicke ihn zum Truppenarzt.

Wir sind bereit, das Unmögliche zu wagen.

Und wir sind wehrlos.

3

ANNA

Dieser Wind zum Beispiel: Ich weiß, wohin er die Burschen weht, die jetzt rausfahren, er weht sie in den Tod. Ich hab die Sanitätsoffiziere sagen hören: Bloß eins von fünf U-Booten kehrt zurück, wenn der Krieg kurz ist, eins von zehn, wenn er lang dauert. Keins, wenn er sehr lang dauert. Diese Burschen sind zum Tod verurteilt, und sie lachen noch, schau sie dir an, und sie singen und spielen. *Un'ora sola ti vorrei*. Und das hat mir Giggino heut Abend auch gesagt, nur eine Stunde möcht ich dich, meine Anna, unten im Bauch der *Cappellini*, auf dem Grund des Meers; eine Stunde am Tag, hat er zu mir gesagt, und die anderen dreiundzwanzig bin ich dann stark wie ein Löwe. Giggino ist ja Koch und wird sterben wie eine Mama, während er seinen Kameraden das Essen macht. Ich hab noch seinen Saft auf mir, aber es ist keine Schweinerei. Ich hab ihn gesehen, wie er nach dem letzten Kuss auf den Mund auf und davon gerannt ist, weil es war schon sehr spät, mit dem schweren Rucksack, und die Mandoline hat er umgehängt gehabt, und er hat gelächelt wegen mir, ich hab ihn noch gesehen, wie er erst verschwunden ist, erst halb angezogen, und ich hab echt nicht dran gedacht, ins Bad zu gehen und mir ihn abzuwaschen.

Stattdessen hab ich die Tracht angezogen, ich war ja nackt, und es war kalt, ohne Unterhose, Strümpfe und Unterhemd, ohne Mantel, ohne Haube, ohne alles, nur die graue Schwesterntracht direkt auf der Haut, die noch feucht war von ihm, und so bin ich ihm hinterhergelaufen. Er hat mich nicht gesehen, er war zu sehr damit beschäftigt, mit seinen Kameraden herumzukaspern, die auf ihn gewartet haben, und seinem Comandante zuzuhören, von dem sagt er, er ist ein Zauberer, ein Hexenmeister. Ich bin ihm hinterhergelaufen, aber in gehörigem Abstand, und es ist schon heller geworden, und der Wind hat alles herumgewirbelt, und aus den Schlafsälen sind auch noch die letzten Burschen angerannt, alle nur halb angezogen, so wie Giggino, und auch sie haben angefangen zu singen, und auch der Comandante sang mit. *Un' ora sola ti vorrei.* Alle haben mitgesungen. Da waren außerdem zwei Mädchen wie ich, zwei Krankenschwestern, Nunzia und Angelina, die haben auch zwei andere Matrosen zum Lächeln gebracht, zwei Matrosen, die sterben würden. Es sind nur wir drei, die die Burschen zum Lächeln bringen, weil wir können nicht nein sagen. Ciao, ciao, wir drei haben uns auch voneinander verabschiedet, aber wir waren mit unseren eigenen Gedanken beschäftigt, auch wenn sie garantiert die gleichen waren, aber es waren unsere, doch wir haben sie stumm gedacht, und der Wind hat unser Haar zerzaust, weil wir die Haube nicht aufhatten, und wir haben in Gedanken diese Kerle zum letzten Mal gestreichelt. Diese Burschen, die in den Krieg ziehen, sie sind spindeldürr, aufgeregt, sie haben heißes Blut. Ich weiß schon, man sollte nicht immer ja sagen, aber ich kann nicht anders. Vor allem seit ich hier in La Spezia bin, kann ich den Matrosen einfach nicht nein sagen. Ich weiß, meine Mutter denkt, ich bin ein armes Ding. Ich weiß, Onkel Felice denkt, ich bin eine Nutte, aber sie sind nicht hier, und was sie denken, interessiert mich nicht die Spur. Ich weiß etwas, was sie nicht wissen.

Ich weiß, diese jungen Männer mit der glatten Haut und dem unbekümmerten Lächeln kommen nicht zurück; statt in den Krieg zu ziehen, sollten sie lieber Perlen fischen. Sie haben Mütter, Schwestern, Freundinnen, die müssten jetzt eigentlich hier sein und zusehn, wie einer nach dem anderen im Bauch von diesem eisernen Fisch verschwindet; sie müssten sie zum letzten Mal lachen und herumkaspern sehn; aber sie können nicht hier sein, bloß wir sind hier, Krankenschwestern und zugleich Nutten. Natürlich gibt es auch die Anständigen, die sich nicht anfassen lassen, aber die schlafen jetzt, und wir sind die, die sie begleiten und weinen müssen. Denn man braucht kein Hellseher sein, um zu wissen, dass sie nicht zurückkommen, und wenn sie doch von diesem Einsatz zurückkommen, so kommen sie vom nächsten nicht zurück, und wenn sie auch von dem zurückkommen, so überleben sie den übernächsten nicht. Man braucht kein Hellseher sein, um zu wissen, dass am Schluss, wenn dieser Krieg vorbei ist und man zusammenzählt, fast alle U-Boot-Männer tot sein werden, und wir werden uns entsetzt die Hand vor den Mund schlagen. Man braucht nur die Sanitätsoffiziere hören, dann weiß man, dass sie für immer dort unten bleiben werden, am Grund des Meers, dahin gehen sie jetzt tapfer und stolz, und wie viel Leben ist in ihnen, wie viele Leben gehen verloren in diesem eisernen Sarg. Alle haben sie eine Frau, die um sie trauern wird, aber von denen ist keine da. Hier sind bloß wir, bloß wir sehn sie abfahren. Wir Krankenschwestern, wir Nutten, sind in diesem Moment die Einzigen auf der ganzen Welt, die wissen, wie fürchterlich der Krieg ist.

4

MARCON

La Spezia
28. September 1940 | 7:20

Tuf-tuf-tuf, los geht's.

Dieses 73 Meter lange und sieben Meter breite Ungetüm verfügt über einen 3000-PS-Dieselmotor für die Überwasserfahrt und zwei Elektromotoren mit je 1300 PS für die Unterwasserfahrt. Es besitzt zwei 100-Millimeter-Geschütze sowie zwei 13-Millimeter-Zwillingsmaschinengewehre und acht 533er Torpedorohre. An Bord befinden sich zwölf Torpedos, sechshundert 100-Millimeter-Granaten und sechstausend Schuss Maschinengewehrmunition. Und der Bug ist auf Geheiß unseres Kapitäns stahlverstärkt, »denn man weiß ja nie«, sagte er, »vielleicht erfordert die moderne Kriegführung ein archaisches Rammmanöver«.

Kurs 180. Wir lassen Palmaria, Tino und Tinetto steuerbords liegen, wo wir während des Freigangs unter der Anleitung des Maschinisten Stumpo Tintenfische mit der Hand gefangen haben; Stumpo ist Korallenfischer und kann bis dreißig Meter Tiefe tauchen. Tatsächlich fängt nur er die Tintenfische, wir schauen bloß zu. Er brachte uns bei, wie man männliche von weiblichen Tintenfischen unterscheidet: Fängt man einen Tintenfisch und gleich danach an derselben Stelle einen zweiten, dann war der erste ein Weibchen, der zweite ein Männchen, das ihm gefolgt ist. Wenn man aber keinen zweiten mehr fängt, hat man ein Männchen erwischt, »und dem Weibchen ist das schnurz-egal«.

Dieses Ungetüm heißt *Cappellini* zu Ehren des »verdienst-vollen und tapferen« Comandante Alfredo Cappellini, der am 20. Juli 1866 in der Schlacht von Lissa mit seiner gesamten Mannschaft in die Luft flog, weil er das von österreichisch-ungarischen Schiffen unter Feuer genommene Panzerschiff *Pa-lestro* nicht verlassen wollte. Das Feuer lodert, die übrigen ita-lienischen Schiffe schicken ihre Rettungsboote, um die Mann-schaft der *Palestro* aufzunehmen, bevor das Feuer auf die Munitionskammer übergreift. Comandante Cappellini weigert sich, unbeugsam, gibt nicht auf und kämpft todesmutig weiter gegen die Flammen, bis diese die Munitionskammer erreichen und – bumm! – er ums Leben kommt. Mit ihm verlieren auch 231 von 250 Besatzungsmitgliedern ihr Leben, doch er, Alfredo Cappellini, wurde dadurch zum Helden …

Vier Meilen außerhalb des Golfs bleiben wir auf Kurs 225. Salvatore betritt seine Kajüte. Auf seinen Wink hin folge ich ihm. Er nimmt den versiegelten Umschlag. EINSATZBEFEHL NR. 98 steht darauf. Er öffnet ihn, entnimmt das Blatt mit dem Befehl, entfaltet es, liest, faltet es wieder zusammen und steckt es zurück in den Umschlag, ohne es mir zu zeigen. Ich soll bei ihm bleiben, ich allein, doch den Einsatzbefehl zeigt er mir nicht. »Das ist Geheimsache.«

Er machte Spaß, aber ich weiß nie, wann er etwas im Spaß sagt und wann er es ernst meint.

Alle wissen, dass wir Freunde sind, Salvatore hat es Fraterna-le und den anderen Offizieren klipp und klar gesagt, und zwar auf Venezianisch, zum Donnerwetter, mir zu Ehren: »Ich und Marcon sind dicke Freunde«, hat er gesagt, »wir sind praktisch Brüder.«

»Also«, sagte er noch auf Italienisch, »wird keiner etwas dagegen haben, wenn ich mit ihm mehr rede, als ein Kommandant normalerweise mit einem Obermaat redet, und auch mehr als mit euch.«

Im Übrigen macht mich mein Gesicht unantastbar. Wer so ein Gesicht hat wie ich, auf den kann man nicht eifersüchtig sein. Mein Gesicht erzählt eine ganze Geschichte, und wenn Salvatore einen Kuss draufdrückt und sagt: »Ich und Marcon, im Krieg gegen alle«, dann wird daraus die Geschichte unserer Freundschaft. Und sogar noch mehr als das.

Salvatore und ich haben uns im Lazarett von La Spezia angefreundet, nach unserem Unfall. Allerdings waren es zwei verschiedene Unfälle, er mit dem Wasserflugzeug, ich mit Acetylen. Aber alle denken inzwischen, dass es uns beide zusammen erwischt hat, und wir lassen sie in dem Glauben.

Ja, wir sind Brüder. Allerdings ist er Korvettenkapitän und Comandante; ich bin nur Feldwebel, Obersteuermann und Obermaat, und ich weiß nie, wann er einen Scherz macht und wann nicht.

Als er mir den Einsatzbefehl nicht zeigte, war es im Spaß. Und erst als ich mich zum Gehen wandte – ehrlich gesagt, ein bisschen beleidigt war ich schon –, reichte er mir das Blatt Papier.

Hinterhalt/Auflauern stand darin, damit hatte ich gerechnet. Was kann ein U-Boot im Krieg auch anderes tun, als plötzlich auftauchen und feindliche Schiffe angreifen? *Im Atlantik*, heißt es da, und das habe ich befürchtet. *Gibraltar*. Theoretisch hätte es auch anderswo sein können, ein Einsatz im Mittelmeer oder im Roten Meer wäre weniger gefährlich. Aber ein Comandante wie Salvatore Todaro wird nicht an einem Ort verschwendet, wo weniger Gefahr besteht. Ein Comandante wie Salvatore Todaro wird dorthin geschickt, wo die Gefahr am größten ist, und die Durchfahrt bei Gibraltar ist die größte aller Gefahren. Im Spaß sagte ich zu ihm: »Aber hast du ausgerechnet mich zu diesem Einsatz holen müssen?« Und im Unterschied zu mir versteht er immer, wenn ich etwas im Spaß sage.

Dann sagte ich zu ihm, immer noch im Dialekt, weil er mich gern auf Venezianisch reden hört, dass das ist, wie wenn man zwischen Marco und Todaro hindurchgeht. Ich war mir sicher, dass er diese venezianische Redewendung kennt. Aber er, der sonst alles weiß, kannte sie nicht. Er kannte die beiden Marmorsäulen am Eingang zur Piazza San Marco in Venedig nicht, auf denen die Statuen der beiden Schutzheiligen der Stadt stehen. Er wusste nicht, dass zwischen diesen beiden Säulen zur Zeit der Dogen die Todesurteile vollstreckt wurden und dass deshalb die Venezianer nur ungern dazwischen hindurchgehen. Er wusste nicht einmal, dass San Todaro, der so heißt wie er selber, vor San Marco der Patron von Venedig war. Er hatte keine Ahnung.

Es war mir peinlich, zu sehen, wie ahnungslos er war, der doch in meinen Augen alles weiß, es war, als würde ich ihn nackt sehen. »Ich komm aus Chioggia«, sagte er, »aus Sottomarina.«

Aber dann gewann er schnell die Kontrolle zurück und lenkte das Gespräch auf Dinge, die ich nicht weiß, er aber schon, denn er ist der Comandante. Er erzählte mir, dass die *Cappellini* zusammen mit dem Comandante Masi schon einmal vor Gibraltar gewesen ist und dass sie es nicht geschafft haben, durchzukommen, dass sie jedoch vor ihrer Rückkehr zehn Tage in Ceuta geblieben sind, im Schutz der vorgetäuschten Neutralität der Spanier, um von einem Hügel hinter dem Hafen aus das Verteidigungssystem der Meerenge zu studieren, das die Engländer benutzen. Er erklärte mir, dass es ein Schlupfloch gibt, und hat es mir auf der Seekarte gezeigt. Na ja, es ist ein bisschen wie ein Flaschenhals, aber es geht.

Er zählte die U-Boote auf, die es im vergangenen Monat geschafft haben, die Meerenge zu passieren: die *Malaspina, Barbarigo, Dandolo, Marconi, Finzi, Bagnolini* und vor zwei Tagen die *Leonardo da Vinci* unter Comandante Calfa. Insgesamt sieben.

»Und wir«, hat er gefragt, »was sind wir, die üblichen Deppen, die's nicht hinkriegen?«

Und das ist das Tolle an Salvatore Todaro. Man fühlt sich bei ihm sicher, wenn er sich sicher ist.

»Mit dem modernsten Schiff der Armada«, fügte er hinzu, »mit dem besten Maat der Königlichen Italienischen Marine, sind wir da die letzten Deppen?«

9:35

Tauchfahrt.

5

SCHIASSI

Und hier könnten alle durchdrehen, auch ohne den Krieg. Gäbe es nur den Alltag auf dem Boot, würden wir alle durchdrehen. Den ganzen Tag hocken wir aufeinander, es riecht nach einer Mischung aus Schmieröl und Diesel, den ganzen Tag konzentrieren wir uns darauf, zu horchen, uns etwas vorzustellen, etwas vorauszusehen, und schöne Gedanken kommen erst gar nicht auf. Tag und Nacht eingesperrt in dieser schlechten Luft, über Wasser wie während der Tauchfahrt, mit wenig Wasser zum Waschen und nur Konserven zum Essen, immer ein Auge auf irgendeinem Apparat, irgendeinem Zeiger, man hat nicht einmal mehr Lust, Karten zu spielen oder zu rauchen, weil man fix und fertig ist. Ich habe Matrosen gesehen, die im Stehen schliefen. Es ist der Alltag, der einem im U-Boot den Lebenswillen nimmt, davon sollte berichtet werden, nicht von den Angriffen, dem Losmachen der Torpedos oder den Pfiffen vor dem Alarmtauchen, während die Bomben ein paar Meter entfernt explodieren: Das sind nämlich die schönen Momente, wo man sein Leben riskiert, weil da Leben in der Bude ist. Wenn es nichts gibt als Gestank und Gerenne, Entbehrung und Langeweile, also beinahe die ganze Zeit, dann läuft man Gefahr, durchzudrehen.

Zum Glück gibt es, während man auf den Krieg wartet, noch etwas Schönes. Ich bin der Funkmaat, und meine Instrumente sind zwölf Stunden am Tag stumm, weil wir auf Tauchfahrt sind, und dann muss ich zusammen mit Minniti das Hydrophon abhören, wobei jedes Geräusch eine Frage aufwirft (»Was war das? Und das? Und das hier?«). Und um die Antwort zu finden, hilft die Erfahrung mehr als das Gehör und die Phantasie mehr als die Erfahrung und die Paranoia mehr als die Phantasie; und ich, der Mann am Funkgerät, bin derjenige, der dieses schöne Gefühl verbreiten hilft. *Aquí Radio Andorra*, sagt die warme und zärtliche Stimme des Mädchens, von dem jeder auf seine Weise träumt. *Aquí Radio Andorra*: Der einzige Sender auf der ganzen Welt, der während des Krieges nicht vom Krieg spricht, er bringt nur Liebeslieder, den ganzen Tag, die ganze Nacht, amerikanische, französische, spanische, nur Lieder von Frauen gesungen. Angeblich hat der Sender eine hundert Meter hohe Antenne, den Standort kennt niemand, angeblich sendet er das stärkste Signal von ganz Europa, das kein Regierungssender stören kann, weil Andorra ein freier Staat ist und mit seinem Radiosender alle Menschen an Land und alle Schiffe auf See erreicht. So lauschen alle, wir und unsere Feinde, alle miteinander. Wir hören den Sender jede Nacht, wenn wir aufgetaucht fahren, um Luft zu tanken und die Batterien aufzuladen: Das ganze Boot hört zu, die ganze Nacht tönt es aus den Lautsprechern, und diese Frauenstimmen sind die Stimmen unserer Frauen. *Aquí Radio Andorra*, das ist die kühlende Hand der Krankenschwester auf der Stirn, das ist das Versprechen, dass wir bald wieder gesund werden, das uns die Mutter ins Ohr flüstert. *Aquí Radio Andorra*, und das ganze Boot singt mit diesen Stimmen mit, die von der Liebe erzählen, und diese Stimmen sind die unserer Schwester, die sich über uns beugt, um uns abgestumpftes Pack zu trösten, wo immer wir gerade sind, im Fahrstand, im Maschinenraum, in den Abschussbereichen, im Gefechtsturm, in den Hängematten, die zwischen den Schotten der hintersten Abteile gespannt sind, den Bespannungen, wo sich einer, von der Müdigkeit übermannt, ausgestreckt hat. *Aquí Radio An-*

dorra, selbst die Offiziere schließen die Augen, auch unser Co-mandante, der niemals die Augen schließt, nicht einmal, wenn er schläft. Wenn er allerdings an der Reihe ist, sich in seiner Ka-jüte einzuschließen, sind alle damit einverstanden, dass ich die Lautsprecher leiser stelle, damit vielleicht auch er eine Stunde schlafen kann, denn die ganzen sehnsüchtigen Klänge in den Ohren könnten ihn vielleicht stören. Man erzählt vieles über ihn: dass er an Bord der *Malaspina* war, als sie die *British Fame* versenkte, dass er ein Magier, ein Fakir, ein Hypnotiseur ist, dass er niemals schläft. Aber dieselben Leute, die das sagen, geben auch zu, dass sie nicht wissen, ob das stimmt, und dass man des-halb besser nicht riskiert, ihn zu stören, besser die Musik leiser stellt, denn er ist es ja, der uns im Krieg führt. Im Krieg, den zu führen wir nicht erwarten können, denn so wie jetzt, im Krieg ohne Krieg, fühlen wir uns mitten auf dem Meer verloren. Auch mit Hilfe von Radio Andorra können wir nicht wiedergefunden werden.

6

GIGGINO

Am ersten Tag kommt der Comandante gleich nach dem Ablegen in die Kombüse und fragt mich, ob ich Koch von Beruf bin.
Jawohl, Herr Kapitän, sage ich zu ihm. Er fragt, ob ich viel rum-
gekommen bin. Jawohl, Herr Kapitän. Er will wissen, ob ich die
typischen venezianischen Gerichte kenne. Jawohl, Herr Kapitän.
Nämlich?, fragt er. Leber auf venezianische Art, sage ich. Und
sonst? Los, nenn mir alle, die du kennst. Baccalà mantecato, sage
ich. Sarde in saor. Bigoli mit Sardellen. Gekochte granseola. Bro-
detto. Risibisi. Ich nenne die Gerichte, und er schließt die Augen,
und wenn der Comandante die Augen schließt, scheint sich die
ganze Welt auszuruhen. Gefüllte Ente. Castradina. Polenta mit
schie. Gebratene moeche. Schließlich macht er die Augen wieder auf, und wenn sie auf sind, kriegt man beinahe Angst. Er unterbricht mich und sagt, dass die guten Sachen, die wir geladen
haben, noch nicht angerührt werden dürfen: Ich darf nur Pasta
mit dem Sugo aus der Dose machen. Er sagt mir nicht, warum, es
ist ein Befehl. Und ich soll beim Kochen alle Delikatessen aus
ganz Italien aufzählen, die ich zubereiten kann, so wie ich gerade
die venezianischen genannt hab. Ob ich die Spezialitäten von
ganz Italien kenne?, fragt er mich. Jawohl, Herr Kapitän, sag ich.
Und dann muss ich sie laut aufzählen, alle, die ich kenne, ohne
Pause. Wie den Rosenkranz, sagt er. Wie ein Gebet. Das ist noch
ein Befehl, aber diesmal versteh ich, warum.

Gemüsebrühe, Hühnerbrühe, Kapaunbrühe, Fleischbrühe,
gekochtes Rindfleisch, Rindfleisch alla francesina, picchiapò,

Kutteln mit Ei, Kalbsleber alla militare, castrato alla finanziera, Bries alla bottiglia, coratella, Butterhaxe, Zunge in salmi, Griesauflauf, Reisauflauf mit Hühnerklein, Reis mit Kartoffeln und Muscheln auf dem Backblech, Reisauflauf mit Hackfleisch und Pilzen, Tomaten mit Reis, mit Faschiertem gefüllte Reisbällchen, supplì, pasta imbottita, Klößchen, beziehungsweise Frikadellen aus Kalbfleisch und Nieren, die ein französischer Koch für seinen zahnlosen Chef erfunden hat, Hackbraten, Hackbraten aus Stockfisch-Buletten, harte Eier nach Cilento-Art, gefüllte Eier, gefüllte Koteletts, geschmortes Kaninchen, gedünsteter Hase, gefülltes Perlhuhn, gefüllte Taube, Taubenpastete, Hühnerfrikassee, Huhn mit Marsalasoße, Huhn nach Bauernart oder in Eiersoße, entbeintes Huhn, Schmorbraten, Rinderschmortopf, paciugo, cassoeula, fricando, Blutwurst, Polenta mit Würstchen, Makkaroni-Omelett, Pasta mit Oliven, Omeletts aller Art, Peperonata, Auberginen-Gratin, Auberginen in allen Variationen, Frittelle aus Brot, Äpfeln, Reis oder Polenta, Spaghetti alle vongole, mit Miesmuscheln, mit Seehecht, mit Sardellen, mit Tintenfisch, als Salat, Pappardelle mit Hase, Kartoffel-Gnocchi, Polenta-Gnocchi, Griesnockerl, zite alla Sangiovanniello, Cavatelli col puleggio, Fusilli mit veluozzi, tirata von Makkaroni mit Tomaten, Makkaroniauflauf, geschmorte Makkaroni, Makkaroni al Ragù, auf sizilianische, Bologneser, französische Art, das heißt mit Gruyère, Risotto mit Froschfleisch, mit Krabben, mit Miesmuscheln, mit telline, Pilzen, Erbsen, nach Mailänder Art, Tagliatelle mit Schinkenragout, Pasta mit Bohnen, mit Kichererbsen, Pasta mit Kartoffeln, Pasta mit Kartoffeln und Provola-Käse …

Alle kommen früher oder später an der Küche vorbei und hören, wie ich diese Litanei herunterbete. Alle wissen, dass ich immer die gleichen Sachen koche: die Amatriciana-Soße ohne Tomaten, die »gricia« heißt, wenn sie gelingt, wenn nicht und wenn auch keine Pancetta dabei ist, hat sie keinen Namen. Pasta aglio e olio. Büchsenfleisch, das geht nie aus. Reiswaffeln. Alle wissen, dass ihnen das Essen nicht schmecken wird, und doch geben sich der Comandante und alle Offiziere mit dieser faden Kost zufrieden. Aber da ich so viele Gerichte kenne, stehen sie da und hören zu, wie ich sie aufzähle, mit lauter Stimme, wie der Comandante es mich geheißen hat. So kommt der Appetit zurück, denn bei dem ewigen Fraß aus der Dose vergeht einem ja die Lust am Essen, irgendwann hat keiner mehr Hunger, und man isst nur noch, weil man halt essen muss.

Impepata aus Miesmuscheln, Cacciucco, Fischsuppe, Mehräschensuppe, Brotsuppe mit Ei, Zuppa Regina, Spanische Suppe, Zuppa ripiena, Linsensuppe, Krabben- und Froschsuppe, Schneckensuppe, Distel und Artischockensuppe, Mehlschwitzensuppe, Brotsuppe, Mehlsuppe, Brei mit Tomate, toskanische Ribollita mit Rotkohl, alle Arten Minestrone, Couscous, Milch-Minestra (-Gericht), Minestra dei millefanti, Minestra maritata, Minestra mit Chicorée und Endivien, Ricotta-Minestra, Griessuppe, Semmelbröselsuppe, Bagna cauda, Kalbs-Rifreddo, Vitello tonnato, Kapaun im Bratschlauch, Zucchini alla scapece, gefüllte Zucchini, Bohnen mit Chicorée, Friarielli, Brechbohnen mit Béchamelsoße, gekochte grüne Bohnen, Bohnen all'uccelletto, Cardoni al forno, Zwiebel süßsauer, gefüllte Sellerie, Artischocken a fungitiello, Sugo mit Pilzen, Pilze in Öl, Pilze in allen Variationen, Kartoffeln in allen Variationen, Spinat, Spargel, Rübstiele, Broccoletti, Wirsing, russischer Salat, panierter Fisch, gedünsteter Fisch, Kabeljau alla palermitana, gebratener Glatthai, Seezunge in Wein, Barbe mit Schinken, Barbe alla marinara, Barbe gegrillt, Barbe nach Livorneser Art, Thunfisch in allen Variationen, marinierte Sardellen, Sardellen gebraten, gratinierte Sardellen, gefüllte Sardinen, Tintenfisch-Kartoffel-Salat, polpetielli alla Luciana, Morena alla calabrese, Aal gebraten, Aal in allen Variationen, Brasse all'acqua pazza, mussillo di baccalà, Stockfisch in Wein mit Oliven, falscher Fisch, Roastbeef all'inglese, Rindfleisch alla genovese, Pizzaiola di bufala all' ebolitana, Kaninchen auf ischitanische Art, Nierchen nach Pariser Art, Arista nach Florentiner Art, gebackene Schweineleber nach toskanischer Art, pignata di cavolo, scagliozzoli …

Ich hab Marcon, den Obermaat, gefragt, der mit dem Comandante befreundet ist, weil sie beide gleichzeitig so was Schlimmes mitgemacht haben. Ich hab gefragt, warum wir Kartoffeln, Zucchini, Käse, Wurstwaren, Polenta, Blätterteig und Mürbteig im Vorrat haben, aber ich darf nichts damit machen. Stell dir's halt mal vor, hat der Maat gesagt. Wissen kann ich so was nicht, ich bin ja bloß Obergefreiter. Und ich hab's mir vorgestellt. Weil wir zum Atlantik fahren, wo es viel schlimmer zugeht als hier, und wir uns die guten Sachen aufheben, für wenn wir dort sind, hab ich gesagt. Der Maat hat keine Miene verzogen, mit seinem verätzten Gesicht. Und dann hab ich mir noch was andres vorgestellt. Nämlich, um bis in den Atlantik zu kommen, müssen wir an Gibraltar vorbei, hab ich gesagt, und damit wir das schaffen, müssen wir dran denken, dass alle die schönen Dinge des Lebens erst danach kommen. Meine Anna, wir haben uns ja grade erst verlobt: danach. Unsere Mütter, das Geld, die schönen Tage: danach. Und auch das gute Essen, die Gnocchi al sugo, die gebratene Polenta: All das erwartet uns danach. Ist es deshalb? Der Maat hat keine Miene verzogen, mit seinem verätzten Gesicht.

Pizza in jeder Form, Focaccia in allen Variationen, Kringel, Meerjunker, Crescentine, Castagnole, Baba au rhum, Sfogliatelle, Struffoli, Zeppole, Scauratielli, Bignè, Bignè di San Giuseppe, Cartellate mit Honig oder mit Traubenmost, Krapfen, Strudel, Rococò, Kekse aller Art, Pastiera, Cassata siciliana, Cassatina di Pozzuoli, Pinolata, Zuppa inglese, Meringata, Chiacchiere, Pan di Spagna, Ciambelle, Cotognata, Amaretti, Marzipan, Katzenzungen, Ciambellone, Torta di Mantova, Torta Ricciolina, Torta dei sette Vasetti, Nusstorte, Reistorte, Ricottatorte, Kürbistorte, Casatiello, Tortano, Torta caprese, Torta Milanese, Mandel-Schokoladetorte, Mont-Blanc-Kuchen, Pudding in allen Variationen, Plumcake, Bavarese, Zuccotto, frische Feigen gebacken, crema montata, Schlagobers, Latte in piedi oder auf portugiesische Art, Latte Brulé, Glühwein, Weichselkirschenkompott, Aprikosen-, Birnen-, Quittenkompott, getrocknete Feigen, Fruchtgelees, Zabaglione, heiße Schokolade, Pfirsiche in Sirup, Pfirsiche in Wein, ghiaccio, Kirschen-, Äpfel- und Birnenkompott, geröstete Mandeln …

Dem Comandante bring ich jeden Tag fünf in Brandy gedünstete Zwiebelchen. Fünf an der Zahl, aber jeden Tag und nur für ihn. Zuerst hat er abgelehnt, aber ich hab darauf bestanden: »Comandante«, hab ich zu ihm gesagt, »Sie sind auch nur ein Mensch, und ich bring Ihnen die, damit Sie sich dran erinnern, ich weiß ja, dass die Ihnen sehr gut schmecken.« Und jetzt nimmt er sie und freut sich drüber. Er wartet sogar drauf, hat er zu mir gesagt, wie man auf den Besuch einer Dame wartet. So wie wir alle auf Gibraltar warten.

7

MARCON

2. Oktober 1940 | 23:00

Die *Cappellini* pflügt mit ihrem schnittigen Rumpf durch die Wellen. Ringsum undurchdringliche Dunkelheit. Ich bin oft auf dem Roten Meer unterwegs gewesen, und dort sind die Nächte hell, auch wenn der Mond nicht scheint; man kann leichter gesehen werden, das Wasser leuchtet im Umkreis des schlanken Rumpfes, beinahe phosphoreszierend, sodass das Boot von weitem auszumachen ist. Das ist gefährlich. Auf dem Atlantik dagegen ist die Nacht stockfinster, und die Schwärze macht uns gefährlich und schützt uns zugleich.

Auf dem Turm späht Todaro mit dem Fernglas in das Dunkel. Neben ihm steht Stiepovich. Die beiden sind dabei, sich anzufreunden. Stiepovich ist der jüngste der Bordoffiziere. Er kommt aus Triest und hat einen dichten Bart, rotblond wie das Fell von Pudo, dem Maulesel meines Schwagers. Tiefliegende Augen, edle Nase, feingliedrige Hände und feine Manieren, aber er spricht oft im Dialekt, sowohl in seinem eigenen als auch im venezianischen. Ich glaube, er ist eine Art Dialektforscher, und das gefällt Todaro sehr. Manchmal beginnen sie, lauter als das Tuf-tuf der Motoren, das man gar nicht mehr hört, wenn man sich daran gewöhnt hat, alte Lieder vorzutragen, nicht zu singen, sondern im Dialekt vorzutragen, als wären es Gebete:

Das Los des Matrosen: zu sterben auf See
das Los des Kaufmanns: zu bankrottieren,
das Los des Spielers: zu verlieren,
das Los des Diebes: am Galgen zu enden.

Manche dieser Lieder kenne auch ich, so wie das von heute Abend, dann sage ich sie mit ihnen auf. Aber sie kennen viel mehr als ich, ein paar habe ich noch nie gehört, die sind auch schwer zu verstehen. Ich frage: »Und das? Was für ein Lied ist das?«

»Das ist kein Lied«, sagt Stiepovich, »das ist ein Gedicht.«

Gedichte. Im Dialekt. Er und Todaro kennen sie auswendig, ich nicht.

Ich bin halt besser mit den Händen als mit der Zunge.

Im Boot ist immer was, was nicht funktioniert, was repariert werden muss. Das Hydrophon ist dauernd gestört, und Minniti, der Mann am Hydrophon, der fast so alt ist wie ich, der holt mich immer, damit ich es repariere, weil ich weiß, wo ich hingreifen muss. Na ja, die Arbeit vom Vormittag muss am Nachmittag gleich noch einmal gemacht werden und dann am nächsten Morgen wieder. Aber Minniti bedankt sich immer, denn jedes Mal, wenn er sich wieder die Kopfhörer aufsetzt, ist das Rauschen weg.

3. Oktober 1940 | 6:00

Da ist es, Gibraltar.

Vor dem Vorschiff ist es Nacht, achtern dämmert es schon.

Man erkennt bereits die lange Reihe der Schiffe, die die Genehmigung zur Durchfahrt durch die Meerenge haben. Die britischen Zerstörer, schwarze Silhouetten in der Ferne, es sind wohl mindestens zehn, vielleicht auch mehr. Am Himmel schwirren die Jagdflieger der Royal Air Force wie die Schmeißfliegen umher. Todaro schaut vom Turm aus durchs Fernglas. Auch Stiepovich schaut. Auch ich schaue. Unter uns auf der Brücke steht Fraternale, der Zweite Offizier: »Wir haben noch zwanzig Meter über siebzig Meter Grund«, meldet er.

Todaro gibt Anweisung, nach tausend Meter Überwasserfahrt zu tauchen und auf achtzig, nicht siebzig Meter Tiefe zu gehen. »Damit sie über unseren Köpfen explodieren«, sagt er, als Fraternale ihn nicht mehr hören kann. Er erwähnt sie nicht einmal, die Wasserbomben, aber die meint er: die Hölle, durch die wir gehen müssen. Fraternale ist inzwischen in die Kommandozentrale verschwunden.

Das ist eine Lotterie, bei der man eine Zahl wählt, und die darf nicht dieselbe sein, die die Engländer wählen, andernfalls bedeutet das den Tod.

Todaro hat sich für die Achtzig entschieden. Er macht keine Fehler, das wissen alle, er wählt nie die falsche Zahl. Die englischen Schiffe werfen pausenlos Wasserbomben ab, aber die *Cappellini* ist noch weit weg, unsichtbar, und richtet sich nach den unterseeischen Explosionen aus, als wollte sie die zu sich heranziehen. Auch wir steigen in den Bauch des Boots hinunter, ich zuerst, dann Stiepovich, er immer zuletzt. Plötzlich der schrille Pfiff: Alarmtauchen, und in weniger als einer Minute ist das Boot unter Wasser. Nur das paranoide Auge des Periskops bleibt einen Moment lang draußen, dann kann man auch durchs Periskop nichts mehr sehen, und um zu wissen, was an der Oberfläche passiert, verlassen wir uns auf Minnitis Gehör und auf meine Reparaturarbeit.

Jetzt, da die Naphtamotoren abgeschaltet sind und nur noch die Elektromotoren laufen, herrscht drückende Stille. Sie verschluckt auch die ständigen Explosionen der Wasserbomben.

Die Wände vibrieren, der Boden schwankt unter unseren Füßen, das Boot kippt mit der Nase nach unten. Die Männer, die bis dahin keinen Dienst hatten, rennen auf ihre Posten: Sie sind aus dem Schlaf gerissen worden, ihre Gesichter sind noch schlaftrunken und doch schon verwirrt, sie haben Angst. In diesen Gesichtern plötzlich die Frage: Werde ich sterben? Werde ich sterben?

Als wir auf fünfundsiebzig Meter Tiefe sind, explodiert eine Bombe wummernd über unseren Köpfen. Das Boot erzittert, sackt nach achtern ab. Matrosen knallen gegen die Schotten, rutschen nach hinten, verletzen sich. Ein paar sausen an mir vorbei wie die Radfahrer beim Giro d'Italia, als ich vergangenes Jahr bei ihrer Ankunft in Mestre dabei war: Chiappini, Di Pace, Rimoldi. Und hier unten sind es Siragusa, Trapè, Monteleone, die vorbeistürzen und gegen das Schott prallen. Bono, der Zweite Steuermann, klammert sich an mich, ich klammere mich an Dalicani, und der klammert sich ans Steuerrad. Bonos Griff an meinem Arm tut mir weh. Er fragt mich, ob wir getroffen sind. Ich sage nein, das ist die Druckwelle.

Todaro steht auf der Brücke, fest und ruhig. Er sieht nicht so aus, als würde er sich mit stählernem Griff am Schott festhalten, doch das tut er. Es sieht nicht danach aus, als würde sein Boot sinken, doch das tut es. »Alles in Ordnung«, sagt er, und mit fester Stimme: »Sie ist über uns explodiert, wir werden hinuntergedrückt.« Wäre Fraternale Comandante gewesen, wären wir jetzt so gut wie tot, bedeutet das. Dann befiehlt Todaro Dalicani, das Boot unter allen Umständen stabil zu halten, aber das Boot bleibt gekippt, die Druckmesser sind eindeutig: Wir sinken, sinken, sinken.

Stiepovich nimmt die ersten Schäden auf: Die elektrische Anlage ist beschädigt, die Kohlendioxyddichte nimmt zu. Cecchini holt die Masken und verteilt sie. Ich begegne seinem flüchtigen

Blick: Muss ich sterben? Todaros Blick sagt: Nein, du musst nicht sterben.

»Anblasen!«, befiehlt er, und Pace, der Navigationsoffizier, gibt weiter: »Anblasen!«

Die Maschinisten führen den Befehl aus, aber das Boot steigt nicht. Todaro lässt sich von Minniti die Kopfhörer geben und hört das Hydrophon ab.

»Tiefenruder hoch!« Pace gibt den Befehl weiter. Dalicani befolgt ihn, er scheint nicht undurchführbar, doch das ist er.

Der Druckmesser zeigt Tiefe hundert Meter an.

Todaro gibt Befehl für mehr Druckluft zum Auftauchen, Pace gibt den Befehl weiter, die Maschinisten erhöhen den Druck: Nichts passiert. Mancini dreht die Motoren auf äußerste Kraft. Das Manometer, dessen Zeiger auf der Markierung STEIGEN stehen sollte, bleibt auf der Markierung SINKEN stehen.

Delicani kann nicht mehr manövrieren. »Steuerruder blockiert«, meldet er. Ich begegne seinem Blick: Werde ich sterben? Todaros Blick sagt weiterhin: Nein.

Stumpo, der Maschinist und Korallenfischer, spricht mit kaum hörbarer Stimme. Wenn er Dialekt spricht, versteht man ihn kaum, jetzt aber meldet er ganz klar: »Pressluft fast zu Ende.« Er sagt es ohne Angst, ihm steht die Frage nicht ins Gesicht geschrieben: Er liefert die Information so sachlich, wie wenn das Klopapier ausgegangen wäre.

Todaro gibt das Zeichen zum Stoppen, alle erstarren und verstummen. Das Boot sinkt weiter. Der Zeiger des Tiefenmessers geht über die Skala hinaus. Wir liegen weit unter der Tiefe, für die das Boot ausgelegt ist. In den Gesichtern der U-Boot-Männer, außer im Gesicht von Todaro und Stiepovich, steht der Schrecken geschrieben.

»Das Los des Matrosen: zu sterben auf See.« Ich habe keine

Angst vor dem Tod, ich bin schon einmal gestorben, das ist mir ins Gesicht geschrieben.

Auch Todaro ist schon tot, und das eiserne Korsett, das er trägt, ist sein Sarg. Das Boot sinkt. Es schlägt am Grund auf. Bleibt liegen.

Wir kommen nicht mehr weg, sind so tief unten, dass demnächst die Bolzen nacheinander abgesprengt werden. Wir haben den Kampf aufgegeben. Wie werden wir durch die Meerenge kommen? Und doch sind schon viele durchgekommen: Und wer sind wir denn – die üblichen Deppen, die es nicht schaffen?

O Matrose, o Jugend der Meere

Stiepovich ist noch jung, aber auch er ist bestimmt schon tot, weil er keine Angst vor dem Krepieren hat.

8

TODARO

Boot auf Grund.

Das Bordlicht flackert, die Glasschirme und die Druckmesser sind geborsten, die Spinde in den Offiziers- und Unteroffiziersquartieren hat es aus den Angeln gerissen, eine Lawine von Porzellan- und Glasscherben hat sich auf den Boden ergossen, die Drehzahlmesser sind zertrümmert. Ein schwaches Licht geht an. Rot. Die Batterien qualmen: Schwefelsäure. Setzt alle die Masken auf. Der Ladegenerator ist durchgebrannt. Ersatzsicherungen müssen her.

Tiefe: zweihundertachtzig Meter.

Eine Zeitspanne lang, die selbst die Überlebenden später nicht abschätzen können, ist alles schwarz.

Der Sauerstoff ist knapp, Worte kommen langsam, die Sätze sind kurz und für die Ewigkeit gesprochen. Dramatische Gesten. Hochkomplizierte Bewegungen lösen sich in Anakoluthen auf. Mancinis Hand verkrampft sich in einer beginnenden Lähmung. Ich massiere sie. Ich streichle die Bolzen, die knarren und dann abspringen, getrieben von einer unbeweglichen Kraft. Ein Bolzen trifft Leandri an der Stirn, er flucht. Wassereinbruch. In diesem Chaos aus Benommenheit und Angst muss es schnell gehen. Die Augen, verschwommen hinter den Masken, fragen mich nichts mehr. Die Körper schlafen ein, ohne gute Nacht, Mama zu sagen.

Die Schwärze pocht in meinem Kopf wie in jener friedlichen Nacht am Meer in Friedenszeiten, als ich noch kein Korsett hatte und es nur dich gab. Halt still, Rina, ich liebe und führe dich, auch wenn ich nicht besser, sondern nur geübter bin. Und dann schloss ich die Augen.

Mancini tauscht die Sicherungen mit der Hand aus, die er noch bewegen kann.

Jetzt spuckt die ganze verbliebene Luft aus, als würdet ihr sie erbrechen. Lasst alles raus, denn wenn es nicht unser letzter Atemzug ist, sind wir verloren. Heftig atmend setzt Stumpo den Motor in Gang.

Wie durch ein Wunder löst sich das Boot vom Grund.

Motorengeräusche und knarrende Schotten. Animalisches Geheul des Meeresgrunds.

Tiefenruder. Langsam aufwärts. Es geht aufwärts, aufwärts, aufwärts.

Wassertiefe einhundert Meter.

Gerettet.

Wer sich zu Hause über schlechte Butter beschwert, dem darf man gern ein blaues Auge verpassen, denn er hat ein schlechtes Leben verdient. Die Burschen hier haben mehr Angst als Blut im Leib, aber sie beklagen sich nicht, sie verwandeln Schwäche in vernichtende Stärke, und jetzt, während sie angespannt auf etwas warten, könnten sie den Rumpf eines Zerstörers mit dem Fingernagel durchbohren. Sie sind bereit. Und wehrlos.

Wenn ich heimkomme, Rina, möchte ich schlafen, aber vorher, vor dem Schlafen, da lieben wir uns, nicht wahr?

In der Stille der undeutliche Klang von Eisen.

9

STUMPO

Wenn Eisen gegen Eisen scheuert, ist das ein schlechtes Zeichen. Ich hab die ganze Druckluft aus dem Boot gepresst, und wir sind vom Grund losgekommen. Aber das nützt überhaupt nichts. Ich weiß schon, was hier drin keiner weiß. Die sardischen Hirten, von denen es heißt, dass sie Schafe ficken, die neapolitanischen Hausierer, alle diese jungen Kerle, die mit einem X unterschreiben, die wissen es nicht. Aber nicht einmal die Lehrer, die studiert haben, die sich so gut auf Italienisch ausdrücken können, dass sie »wie die Saiten einer Violine klingen«. Keiner, keiner weiß das.

Kabelbefestigung der Minen. Hat der Comandante gesagt. Der weiß alles. Und jetzt schwanken wir wieder, wie Seiltänzer auf einem gespannten Seil. Wir können uns nicht rühren. Jetzt geht's noch mal von vorn los. Die einen haben furchtbar Angst. Andere wollen mit dem Kopf gegen die Wand hauen. Oder ihnen bricht der Schweiß aus, oder sie machen sich vor Angst in die Hose. Ich schau dem Comandante in die Augen. Weil Becienzo Stumpo, der Korallenfischer, hat vor nichts und niemand Angst. Ich hab auch keine Angst vor dem Comandante, dem sein Kumpel ist der Tod, das weiß ich. Ich hab auch keine Angst vor dem Tod. Der ist auch mein Kumpel. Seit mein Vater mit einem Strauß Korallen in der Hand im Meer gestorben ist. Damals haben die Fischer geglaubt, die Koralle ist eine Pflanze, heut weiß jeder, dass das nicht stimmt. Aber ich hab das schon damals gewusst, denn ich hab gesehen, dass sie keine Pflanze ist, sondern ein Tier. Kurz und gut, wir müssen das Kabel kappen, an dem die Minen dran sind. Sonst fliegen wir alle miteinander in die Luft.

Also, der Comandante will selber raus. Aussteigen auf einer Tiefe von hundert Meter. Und wenn es nicht klappt? Was passiert dann mit uns, wo landen wir dann? Bei allem Reschpekt, weiß Gott, aber das geht nicht.

Auch Marcon, der Obermaat, sein bester Freund, merkt, dass das nicht geht. Er will raus. Aber wohin willst du denn, Marcon, du hast ja höchstens mal in der Lagune gebadet, hast vielleicht zufällig mal eine Riesenkrabbe gesehn und hast dich erschrocken, weil du sie für die Muschi deiner Mama gehalten hast. Das geht nicht, Marcon, ganz ruhig. Mach das Atemgerät ohne Luftblasen bereit, auf hundert Meter Tiefe geht Becienzo Stumpo raus, der Korallenfischer von Torre del Greco. Mach Platz, lass mich vorbei, ich muss meine Lunge aufs Tauchen einstellen. Gebt mir einen Bolzenschneider und haltet die Klappe. Ich muss mich konzentrieren.

Ich bin so weit. Flutet die Schleuse.

TODARO

Stumpo ist dort draußen. Wir horchen, sonst können wir nichts tun. Und was soll man in der Stille schon hören? Das Ohr des Hydrophons ist wie eine Umarmung. Ein Finger im Arsch der unaufhaltsamen Macht der Wassermassen.

Ab und zu ein schwaches Kreischen. Der Bolzenschneider schneidet nicht, rutscht ab. Er kriegt das hin. Du wirst sehn, er kriegt das hin.

Motoren anwerfen, alle Mann auf ihre Posten.

STUMPO

Hier drunten in diesem Ozean ist allerhand los. So ein Kuddel-
muddel! Alles voller Quallen. Da lauert ein Hai, den kann ich
nicht sehen, da ist Plankton und der ganze Dreck. So viele Winz-
linge, wie putzig die sind …

Ich verrenke mich komplett, und dieser Bolzenschneider
schneidet kein bisschen. Madonna mia, heilige Jungfrau, Stella
Maris, schärf mir die Klinge da, die nicht schneidet. Heiliger
Becienzo Romano, Beschützer der Korallenfischer, du hast mir
den Namen gegeben, jetzt gib mir auch Kraft. Jesus Christus,
heul nicht mehr, denn jetzt gibt's keinen Grund mehr zu heulen.
Jetzt geht's nur noch ums Durchschneiden. Gott im Himmel! O
Gott im Himmel! Es gibt ihn nicht. Mit den Händen, mit den
Nägeln, den Zähnen, mit meiner Wut, mit irgendwas muss ich
dieses Kabel doch durchkriegen.

So viele Farben! Ich muss schon sagen, es ist schön hier drunten, echt schön. Ich könnt es ausnützen, ich ganz allein, ich
möcht was machen, weiß aber nicht, was.

> Zwanzig bin ich und will eine Frau
> Eine schöne Sirene könnt ich lieben
> Jeden Abend würd ich sie besuchen
> Doch was tun, wenn ein Kind kommt?

Ich sterbe. Und ich scheiß auf den Tod. Der muss warten, ich hab dir doch gesagt, wart einen Moment. Einen Moment, dann komm ich. Denn wenn ich jetzt sterbe, wofür hab ich dann gelebt?

Papa, was machst du denn hier?

Das Kabel ist ab, Madonna mia, ich dank dir.

Das Boot ist jetzt frei, es steigt langsam nach oben.

Ich bleib noch ein bisschen hier. Hier gibt's Quallen und winzige Fischlein, vielleicht kommt sogar eine Sirene vorbei. Rauf mit euch.

Ich bin sowieso tot, das ist mir scheißegal.

12

MULARGIA

»Saubere Luft stinkt.«

So sagen wir U-Boot-Fahrer, wenn wir nach tagelanger Tauchfahrt den ersten Atemzug im Freien tun. »Saubere Luft stinkt.« Und das ist nicht nur, aber auch ein glückverheißender Satz, den wir als Beschwörungsformel aussprechen. Und das ist nicht nur, aber auch ein Ausdruck, mit dem wir uns trösten, weil wir die ganze Zeit da drinnen eingepfercht waren und Mief und Schweißgeruch einatmen mussten. Da ist etwas Wahres dran. Es gibt etwas, das in sauberer Luft stinkt. Etwas, das man erst in sauberer Luft merkt. Etwas, das man gerade nach der unter Wasser verbrachten Zeit wahrnehmen kann. Saubere Luft stinkt.

Nach was, das ist schwer zu sagen. Tatsächlich riecht sie nicht immer gleich. Jeder offene Raum enthält einen anderen Gestank, je nach Standort, nach Tageszeit (in der Regel stinkt es nachts mehr), nach Wetter, je nachdem, ob wir nah an Land sind oder nicht, ob es feucht ist oder nicht. Kurzum, so wie in der abgestandenen Luft, die wir unter Wasser einatmen, immer eine Spur reiner Luft enthalten ist, so ist auch in der sauberen Luft, mit der wir unsere Lungen füllen, wenn das Boot auftaucht und wir an Deck gehen, immer ein leichter Gestank enthalten. Die U-Boot-Fahrer riechen das. Das ist eines der ersten Dinge, die sie dir auf dem Lehrgang sagen. Saubere Luft stinkt.

Heute habe ich zum ersten Mal Atlantikluft geschnuppert. Wir haben mit Müh und Not Gibraltar passiert, haben Stumpo, den Korallenfischer, verloren, und das Auftauchen war deshalb eine traurige Angelegenheit, aber wir waren auch erleichtert. Wir sind einer nach dem anderen an Deck gegangen, und es war wie eine Wiedergeburt. Ich war noch nie auf dem Atlantik, ich war als Bordschütze auf die alten Zerstörer der Turbinenklasse spezialisiert, die nach den Winden *Borea, Aquilone, Ostro* und *Zeffiro* heißen und nur das Mittelmeer befahren haben. Jedenfalls ist die Luft, die man an Deck eines Schiffs einatmet, anders, selbst wenn man da den ganzen Tag eingesperrt war. Niemand sagt einem, dass es stinkt, eben weil es nicht stinkt. Die Luft ist aber auch nicht sauber. Sie ist durch das normale Leben, den Funkverkehr, die vielen Waffen, die Maschinengewehre, die vielen Menschen, die kommen und gehen, verdreckt. An Deck einiger Kreuzer, auf denen ich war, gab es ein Volleyballfeld. Wie kann die Luft dort oben sauber sein, selbst auf offenem Meer? Wie kann sie da stinken?

Wonach riecht sie, die saubere Atlantikluft? Ich weiß es noch nicht, denn ich hatte noch keine Zeit, ihn zu riechen, den Gestank. Erst waren alle draußen zum Rauchen, und es roch nach Zigarren, nach Tabak, nach Milit, Alfa, Macedonia. Und dann passierte mir etwas Tolles, deshalb schaffte ich es nicht rechtzeitig, die saubere Atlantikluft mit ihrem Gestank zu riechen.

Das Tolle, das mir dann passiert ist, war, dass ich den Comandante persönlich kennengelernt habe. Ich ging als einer der Ersten zusammen mit den Offizieren raus, um nachzusehen, ob die Geschütze bei dem Beschuss, den wir überstanden hatten, beschädigt worden waren. Ich stand draußen beim Buggeschütz, und plötzlich tauchte der Comandante neben mir auf. Ich hatte ihn nicht kommen sehen, er tauchte buchstäblich neben mir auf.

»Schäden?«, fragte er.

»Nein, Herr Kapitän«, antwortete ich.

Er nickte stumm. Er hatte kurze Hosen an und war barfuß. Über uns hing grau der Himmel.

Er nahm die Zigarettenschachtel aus der Tasche und begann zu rauchen, ohne sich weiter um mich zu kümmern, aber er blieb neben mir stehen. Es war Tag, und normalerweise bleibt man tagsüber unten und taucht nur nachts auf. Aber wir hatten Schäden an der elektrischen Anlage, und um die zu beheben, mussten wir aufgetaucht fahren. Bei Helligkeit war es nicht gefährlich, eine Zigarette anzuzünden. Ich hatte ihn aber auch nachts rauchen sehen, bevor wir auf den Atlantik hinausfuhren, ihn und auch die anderen: seinen Freund, den Maat, sowie die anderen Offiziere – wir rauchen hier alle. Aber nachts ist das gefährlich: Eine glühende Zigarette sieht man schon von weitem. Sie schirmen sie mit der Hand ab und senken den Kopf, wenn sie einen Zug machen, um die rote Glut zu verbergen, das funktioniert aber nicht. Das ist etwas Lebendiges, das man von weitem sehen kann. Also fasste ich mir ein Herz und fragte: »Herr Kapitän, darf ich Ihnen etwas zeigen?«

»Klar.« Also holte ich meine letzte halbe Zigarre aus der Tasche, zündete sie mit dem Militärfeuerzeug an, ohne einen Zug zu machen. Um mich vor dem Wind zu schützen, hatte ich mich hinter dem Maat mit dem verätzten Gesicht versteckt, der sich inzwischen zu uns gestellt hatte und ebenfalls rauchte. Als die Zigarre brannte, steckte ich sie mir umgekehrt, also mit der Glut, in den Mund, schloss den Mund und begann sie »a fogu aintru« zu rauchen, mit dem Feuer nach innen, wie wir Sarden sagen. Man sah die Glut nicht mehr, die Zigarre auch nicht, sie war ganz in meinem Mund versteckt. Ich machte zwei kräftige Züge, weil ich weiß, wie das geht, und blies den Rauch durch die Nase raus, dann nahm ich wieder die Zigarre und drückte sie mit der Stiefelspitze aus. Der Comandante und der Maat waren sprachlos.

»Das nennt man ›a fogu aintru‹ rauchen«, erklärte ich.

»Wie nennt man das?«

Das versteht niemand auf Anhieb.

»A fogu aintru«, wiederholte ich und betonte dabei die einzelnen Silben, »›mit dem Feuer nach innen‹. So ist man sicher, dass der Feind einen nicht sieht, wenn man raucht.«

Der Comandante musterte mich. Wir waren schon fast eine Woche auf See, aber so hatte er mich noch nie angesehen.

»Du bist Sarde, woher genau?«

»Aus Nurri.«

Er fragte mich nicht, wo Nurri liegt. Alle fragen mich das, und ich erkläre ihnen: »In der Nähe von Orroli, wo die größte Nuraghe von Sardinien steht.« Aber er fragte mich das nicht. Kann es sein, dass er weiß, wo Nurri liegt? Kann es sein, dass er den Fluss und den See namens Mulargia kennt, die so heißen wie ich? Er nickte, ohne den Blick von mir abzuwenden.

»Und geht das auch mit Zigaretten?«, fragte er.

»Natürlich«, antwortete ich.

»Verbrennt man sich dabei nicht den Mund?«

»Nicht, wenn man weiß, wie es geht.«

Um Eindruck zu schinden, sagte ich, was mein Vater immer sagte, der 1917 auf der Hochebene von Asagio ein Bein verloren hat, weshalb ich ein Jahr danach geboren bin: »Während des ganzen Ersten Weltkriegs haben die italienischen Soldaten in den Schützengräben so geraucht, dank ihrer Kameraden von der Brigade Sassari.«

Der Comandante sah mich jetzt nicht mehr an und wechselte einen Blick mit dem Maat, der weiterrauchte. Etwas ging zwischen ihren Blicken hin und her, aber ich kann nicht sagen, was. Dann sah er mich wieder an und sagte, was ich erhofft hatte: »Und würdest du mir das auch beibringen?«

Und er meinte damit, sofort. Wie aufregend. Der Comandante lernt etwas von mir. Der Maat warf seine Kippe weg und ging. Der Comandante blieb bei mir stehen, neben dem Geschütz. Er rief ihm nach: »Stell die Musik an und sag dem Koch, er soll Gnocchi machen!«

13

GIGGINO

Der Maat kommt in die Kombüse, wo wir gerade den Abwasch machen. Ich bete meinen Rosenkranz der guten Sachen herunter, wie es mir der Comandante aufgetragen hat: Friarielli, Scapece, Pasta mit Sardinen, Milch nach portugiesischer Art … Der Maat drückt mir die Hand auf die Schulter, dass es fast weh tut, und sagt: »Gnocchi, Giggino! Befehl vom Comandante!« Und schon ist er wieder verschwunden.

Also hab ich's mir richtig vorgestellt: An Gibraltar sind wir vorbei, wir sind im Atlantik, und gleich fangen wir an, die guten Sachen zu essen. Ich hab meinen Gehilfen Bicienzo in den Arm genommen, vielmehr den Armen Bicienzo, wie wir ihn alle nennen, im Unterschied zum anderen Bicienzo, dem Maschinist und Korallenfischer. Der ist heut früh im Taucheranzug rausgegangen und nicht mehr zurückgekommen. Ein Held, hat ihn der Comandante genannt, ohne sein Opfer wären wir alle gestorben. Er kriegt nachträglich die Goldmedaille. Doch obwohl der andere Bicienzo nicht mehr da ist, bleibt mein Gehilfe nach wie vor der Arme Bicienzo, denn er ist Analphabet und hat einen ganzen Stall voll jüngerer Geschwister, die hocken alle in einem Kellerloch aufeinander, und vor allem hat er keine Mutter, das ist für mich das größte Unglück, was es gibt. Er kann das Alphabet bis G, ab dem H kann er sich nichts merken: Er ist langsam und außerdem ein bisschen schwerhörig. Er ist neunzehn Jahre alt.

Gnocchi!, hat er gerufen, Gnocchi! Er war überglücklich, er, der noch vor einer halben Stunde über den Tod das anderen Bicienzo geheult hat. Es war ihm ernst damit, und jetzt ist es ihm auch ernst, und das macht es auch mir leichter. Auch ich hab heut Morgen geheult, und trotzdem bin auch ich jetzt glücklich. Er muss sich deshalb nicht schämen, und ich ebenso wenig. Heut Morgen war ich traurig, jetzt bin ich fröhlich. Ich bin am Leben. Koche Gnocchi. Ich werde die beste Tomatensoße der Welt machen.

> Ich fahr hinaus aufs weite Meer
> Da trotz ich Tod und Untergang

Auf einmal ertönt die Hymne der U-Boot-Fahrer aus den Lautsprechern. Auch das auf Befehl des Comandante, sagt der Maat, als er an der Kombüse vorbei wieder hinausrennt. Und wenn der Comandante das Abspielen unserer Hymne anordnet, dann heißt das zugleich, dass wir mitsingen, und zwar wir alle, egal, wo wir gerade sind. Es ist so schön …

> Den Feind schlagen und begraben
> Wo immer man ihn trifft
> Das ist das Leben des Matrosen
> Er pfeift auf Feind und Gegner
> Denn er weiß, der Sieg ist sein!

Singend stürzt sich der Arme Bicienzo auf die Kartoffeln, die bis dahin verboten waren, während ich, ebenfalls singend, schon an die Soße denke: Zwiebel, Sellerie, geschälte Tomaten, Parmesan. Ich kann es schon schmecken, so wie damals, als ich im Lazarett in La Spezia meine Anna kennengelernt hab und ihre Lippen schon auf meinen gespürt hab, als sie mir das erste Mal zugelächelt hat.

Unter dem grauen Dunstschleier
in der Morgendämmerung
lauert ein Geschützturm auf seine Beute!
Schnell und unfehlbar
gerade und sicher schießt
der Torpedo aus dem U-Boot
und pflügt donnernd durchs Meer!

Den elektrischen Lesa-Plattenspieler, auf dem die Hymne abge-
spielt wird, hat der Comandante persönlich an Bord gebracht.
Aber er gehört ihm nicht. Der Comandante ist nicht reich, er
kann es sich nicht leisten, Sachen zu kaufen. Reich macht ihn
sein Talent, immer das zu bekommen, was er von den Leuten
haben will.

14

STIEPOVICH

Und während der Comandante lernt, wie man umgekehrt raucht, und die Hymne zum zweiten Mal aus den Lautsprechern erklingt, sehe ich das Flugzeug. Ich sehe es als Erster, winzig klein, hoch droben am bleigrauen Himmel, es könnte ein Fleck in meiner Pupille sein oder eine Fliege oder ein Flugzeug der Royal Air Force in drei Kilometern Entfernung, aber bevor ich es sicher weiß, rufe ich: »Herr Kapitän!« Und deute über seine Schulter hinweg auf den Punkt hoch oben in Lee, achterwärts, Richtung Gibraltar, Richtung Europa, »Herr Kapitän!«

Es ist tatsächlich ein Flieger der RAF in drei Kilometer Entfernung.

Das Spektakel des Seekriegs besteht darin, mitzuerleben, wie aus einer Handvoll junger Männer, die sich gegenseitig mit Handtüchern traktieren, in Sekundenschnelle eine Tötungsmaschine wird. In der Regel geschieht in einem U-Boot beim Auftauchen eines Flugzeugs jedoch Folgendes: Ertönt die Sirene zum Alarmtauchen, verschwindet das Boot unter Wasser innerhalb von fünfundvierzig Sekunden – gestoppt vom Comandante bei den letzten Übungen: fünf-und-vier-zig Se-kun-den –, aufgesaugt von seiner eigenen Gischt. Wenn es sich, wie in diesem Fall, um ein Jagdflugzeug handelt, was man jetzt gut erkennen kann, dann ist die Gefahr gebannt, denn Jagdflugzeuge werfen keine Wasserbomben ab. Aber diesmal ist es anders, wir können nicht tauchen, wir reparieren die Schäden, haben die

Motorpumpen am Laufen und die Schweißgeräte in Betrieb, die doppelten Böden sind offen, und Leute sind bei der Arbeit, deshalb: Kampf über Wasser.

Der Befehl ergeht: »Alles auf Gefechtsstation!« In Nullkommanichts ist Mulargia am ersten Geschütz, Cei, der Erste Bordschütze, stürzt sich auf das andere, und Poma und Cecchini rennen zu den Maschinengewehren auf das schmale, glitschige Deck. Sie sind blitzschnell, aber wenn einer der beiden auch nur eine Minute später gekommen wäre, ich schwöre, ich wäre ans MG gegangen; ans Geschütz nicht, damit kann man vielleicht auf ein Schiff schießen, aber nicht auf ein Flugzeug, dazu ist es zu ungenau; mit dem MG geht das, ich kann das, besonders mit denen, die wir auf der *Cappellini* haben, mit denen hab ich schon geschossen, und darin bin ich gut. Ich habe den Comandante gefragt, ob er mich einmal schießen lässt; ich hab ihn auf Venezianisch gefragt, weil er gern seinen Dialekt hört, und die Dialekte aus dem Friaul, dem Feltrino, aus Venedig, Padua, Vicenza, Verona, den Dialekt der Täler und der Polesine kann ich aus dem Effeff: »Herr Kapitän, darf ich mal mit dem MG auf die Engländer schießen?« Und er hat geantwortet: »Bon«, meinetwegen.

Aus dem Flugzeug kommt Maschinengewehrfeuer, aber wie ein Niesen, es klingt schwach von dort oben, harmlos, weit weg, und das Feuer zu erwidern wäre Munitionsverschwendung. Es ist offensichtlich, dass dieser Engländer nicht kämpfen will; es ist offensichtlich, dass er an ferne Freuden denkt, an schimmernde Gestade und weiße Landstraßen, und dass er nur schießt, um sich bemerkbar zu machen, damit das U-Boot abtaucht, und damit hat sich's. Herr Kapitän, ich hab die Italiener gehörig verdroschen, ich hab sie mit dem MG beschossen, rat-tat-tat-tat-ta, aber sie sind schnell abgetaucht und sind entkommen, der Teufel soll sie holen. Und so wär es normalerweise gewesen, aber diesmal ist es eben anders, und wir müssen oben bleiben und sind bereits zu einem Rudel Raubtiere geworden, die nach englischem Blut dürsten, und dieser Engländer weiß es bloß noch nicht.

Lesen d'Aston, der Geschützführer, steht schweigend neben dem Comandante und sucht mit zusammengekniffenen Augen den Himmel ab. Er ist der jüngste Offizier an Bord, ein Jahr jünger als ich, er ist ein flandrischer Marquis und Patriot durch und durch und wird es noch weit bringen. Keiner macht auch nur das geringste Geräusch, keiner bewegt sich, die *Cappellini* ist ein lautloses Monster, getarnt im Grau des Ozeans, und das Jagdflugzeug nähert sich ebenfalls unhörbar, da es sich in Lee befindet – die Westwinde des Atlantiks, die *Westerlies*, wie der todgeweihte Engländer dort oben sie nennt, die *Roaring Fourties*, die *Screaming Fifties*, die hier von Kap Hoorn her wehen und abflauen, verschlucken das Dröhnen des Motors der Maschine, die bald als Feuerball vom eisigen Wasser verschlungen werden wird. Es erinnert an eine Stummfilmszene: Man sieht die Maschine im Anflug, doch den Lärm hört man nicht.

Und dann wird richtig geschossen. Der Engländer hat sich's überlegt und kommt schräg heruntergeflogen, vergrößert den Anflugwinkel, um eine größere Angriffsfläche zu haben, aber er stößt auf massive Salven von MG- und Geschützfeuer, macht sofort kehrt und haut ab. Erneut verweigert er den Kampf, er will heute nicht sterben, unsere Schützen dagegen sind auf den Geschmack gekommen und verfolgen ihn mit einem Hagel von Schüssen, obwohl er schon außer Reichweite ist: Vor allem die Kanoniere sind wahre Seiltänzer, aufrecht stehen sie auf dem blanken Deck, ohne den geringsten Halt an einer Reling. Bei diesem Seegang ist es, als würde man auf einem Seil balancieren.

Doch wie aus dem Nichts taucht plötzlich ein zweites Flugzeug auf (auch dieses in Lee, auch dieses lautlos), und sein Pilot ist weitaus verwegener: Schon ballert er auf uns herunter, und er dreht nicht ab, als wir in Schussweite kommen, er kommt immer näher, wir sehen die Maschine größer werden, sehen das Mündungsfeuer des MGs, wir können sogar das böse Köpfchen erkennen, in dem die Erinnerung an ein ganzes turbulentes, vielleicht unglückliches Leben eingebettet liegt, das ihm anscheinend nichts mehr bedeutet, wenn man sieht, wie er sich uns in den Rachen stürzt. Und doch kommt er ungeschoren davon, er feuert ein paar Salven auf das Boot, wir gehen in Deckung. Die Kanoniere verfehlen ihn, die MG-Schützen ebenfalls, und wie durch ein Wunder schafft er es wieder in die Höhe, während sein Kamerad, dem sein Leben lieb ist, immer noch dort oben außer Reichweite Krach macht. Aber Achtung: Mulargia ist verwundet, am Kopf, sicher ein Streifschuss, sonst wäre er tot, aber trotzdem lässt er das Geschütz nicht los und feuert weiter, und als ihm das Blut in die Augen läuft, wischt er es ab, als wär's Schweiß, und säubert die Hand an der Hose. Er ist es dann, der, als das zweite Flugzeug im Sturzflug aus seinem MG feuernd auf uns zukommt, mit einem gezielten Kanonenschuss, so präzise wie ein Säbelhieb, die Sache beendet: Das Flugzeug kommt ins Trudeln, die Motoren stehen in Flammen, schwarzer Qualm zieht hinterher, unheilvolles Dröhnen erschüttert die Luft, dann stürzt es auf uns herunter – ohhh – und zielt genau auf uns – ohoh –, denn dieser Rüpel hat es sich offenbar in den Kopf gesetzt, auf uns abzustürzen, damit er nicht alleine stirbt. Ganz knapp verfehlt er uns und stürzt wenige Meter vor uns ins Meer, in einem dröhnenden Inferno aus Feuer und Gischt, in dem uns Hören und Sehen vergeht: Es ist eine überwältigende Schönheit, die allein der Matrose kennt, der auf See stirbt, wenn die Schlacht im Grau, im Weiß, im Blau entschieden ist, eine Schönheit, die Erleichterung mit sich bringt und auch den Tod. Jene Schönheit, die nur kennt, wer den Krieg kennt, *was auch immer es sei, ich will es nicht mit Worten verschönern,* wie der Dichter sagt.

Das andere Jagdflugzeug wirft noch mehr Bomben ab, aber es ist das mit dem Piloten, der nicht sterben will, und die Bomben schlagen weit entfernt ein. Mulargia jagt ihn, mit heldenhaft blutverschmiertem Gesicht, und sein Geschützfeuer treibt das Flugzeug zurück, bis Dalicani aus der Kommandozentrale kommt und schreit, dass Schiassi, der Funkmaat, soeben einen Funkspruch von der Basis abgehört hat: Dem Engländer ist die Munition ausgegangen, und auch der Treibstoff geht zur Neige, er kehrt zum Stützpunkt zurück. Er wollte heute nicht sterben, und heute stirbt er nicht.

Der Comandante lässt sofort den Signalgast Barletta mit dem Scheinwerfer an Deck kommen und diktiert ihm die Nachricht, die er dem flüchtenden, vom MG-Feuer verfolgten Piloten hinterherschickt: »EIN HOCH AUF DIE GNOCCHI.« Dann befiehlt er, das Feuer einzustellen, und der Atlantik versinkt in Stille, während das englische Flugzeug wie uns zum Hohn erneut leewärts verschwindet. Doch plötzlich kehrt es wieder um, einen Augenblick sieht es so aus, als wolle der Pilot sich wieder auf uns stürzen, doch tatsächlich will er nur auf unser Lichtsignal reagieren. Barletta entziffert: »BUON APETITO.« »Mit nur einem P«, wie er betont. Dann dreht der Pilot wieder ab und kehrt unbehelligt zu seiner Basis zurück. Vom anderen Flugzeug fehlt jetzt jede Spur, die Feuerzungen auf dem Wasser sind erloschen, der Qualm hat sich verzogen, kein Trümmerteil treibt mehr im Wasser: als hätte es die Maschine nie gegeben.

Auf der *Cappellini* erschallt der Siegesschrei.

15

MARCON

3. Oktober 1940 | 16:00

Schließlich konnte die *Cappellini* tauchen. Die vergangenen zehn Stunden waren für diejenigen, die es vergessen hatten, ein Resümee dessen, was der U-Boot-Krieg wirklich ist, und eine neue Erfahrung für die, die ihn noch nie erlebt haben: Gefahren überall, unter Wasser, an der Oberfläche, im Meer, vom Himmel, innen, außen, Geräte, die kaputtgehen, Sauerstoffmangel. Tod: der arme Maschinist Stumpo, der sein Leben hingab, um uns alle zu retten. Blut: der Schütze Mulargia, der von dieser Schmeißfliege am Kopf verletzt wurde, es war nicht bloß ein Streifschuss, denn er ist tatsächlich schwer verwundet und hat Blut verloren. Ich habe es ihm oben an Deck abgewaschen. Es war eine Menge.

Jetzt befinden wir uns in fünfzig Meter Tiefe und steuern ruhig Kurs Südwest in Richtung unseres Einsatzgebiets; die Hydrophone melden nichts, wir atmen ein bisschen auf. Todaro kümmert sich persönlich um Mulargias Verletzung, näht seine Stirn mit Nadel und Faden. Mulargia stöhnt, doch mit Würde. Die ganze Mannschaft ist im Bug um die beiden versammelt, es ist mucksmäuschenstill. Viele tun so, als würden sie hinschauen, in Wirklichkeit wenden sie den Blick ab und starren auf Knöpfe und Druckmesser, auf die angenieteten Messingschilder mit der Aufschrift SCHMIER. UND PRESSL. A P N°1. DRUCKSEITE UND PRESSL. A.P. N° 1.

Auch ich lese die Schildchen, auch ich bin beklommen, wenn ich zuschaue, wie der Comandante Mulargia zusammenflickt. Eine Knoblauchknolle steckt zwischen den Anzeigern des Motorölstands.

Wer nicht wegschaut, sind die anderen Bordschützen, Cei, Poma, Bastino und auch Fraternale, Nucifero und Bono. Das wären schon alle.

Todaro bricht das Schweigen: »Die Naht ist nicht perfekt«, meint er, »aber so tritt wenigstens kein Blut mehr aus.« Dann ruft er Giggino, den Koch, der mit Nachnamen Magnifico heißt, und nennt ihn mit Nachnamen und Dienstgrad, also ruft er den Obergefreiten Magnifico und verlangt einen Kognak. Ich, der ich ihn kenne, weiß, wenn er das macht, dann hält er den Anlass für feierlich.

Giggino bringt ihm den Kognak und zwei Gläser, aber Todaro füllt nur eines und reicht es Mulargia, der es austrinkt. Anschließend gibt er Giggino die Flasche und die Gläser zurück, sie tauschen einen einvernehmlichen Blick, den ich nicht deuten kann, dann hilft er Mulargia auf die Beine. Stolz schaut er ihn an wie einen tapferen Sohn. »Ich bin nicht befugt«, sagt er, »dem tapferen Bordschützen Mulargia einen Orden zu verleihen, aber ich beabsichtige, ihn in irgendeiner Form auszuzeichnen.« Daraufhin hält er inne, und ich, der ich ihn kenne, weiß, was er jetzt sagen wird. Er sieht uns alle an. »Von nun an kann er mich duzen, er darf mich ab jetzt mit ›Du, Herr Kapitän‹ ansprechen.«

Das erinnert mich daran, wie viel Glück ich habe: Der Bordschütze Mulargia musste sein Leben aufs Spiel setzen und ein feindliches Flugzeug abschießen, um sich das zu verdienen, was mir ohne eigenen Verdienst zuteilgeworden ist.

Dann kommen die dampfenden Gnocchi. Das meinte also der Blick, den ich nicht deuten konnte.

16

TODARO

Liebste Rina,

seit einer Woche gibt es keine besonderen Vorkommnisse.

Tagsüber fahren wir getaucht und atmen den Mief menschlicher Körper ein. An Bord gibt es keine Duschen und nur eine einzige Toilette, denn die zweite ist kaputt. Das Trinkwasser ist knapp, von Gnocchi können wir nur noch träumen.

Nachts tauchen wir auf, und ich mildere den Gestank der sauberen Luft, indem ich eine Zigarre umgekehrt rauche, wie Mulargia es mir beigebracht hat. Das zeige ich dir später. Wir sind weit vom Ziel unserer Mission entfernt, die Auflauern heißt.

Der Torpedoschütze Leandri aus Livorno und der Bordschütze Poma aus Sizilien stritten sich über religiöse Fragen. Es war ein episches, uraltes Ritual, ein Titanenkampf um die große Frage, über die Philosophen im Schweiße ihres Angesichts Abhandlungen verfassen und wegen der sogar Tiere ihre Stimme zum Himmel erheben. Sie brachten sich einander beinahe mit bloßen Händen um und warfen sich Beleidigungen an den Kopf, ohne dass der eine die Worte des anderen verstand. Poma brach sich die Hand, als er gegen das stählerne Schott schlug, was für einen Bordschützen ein Problem darstellt. Doch zum Messer wurde nicht gegriffen.

Das ist das vereinte Italien, liebe Rina: Hier sind ein Mann aus Livorno und ein Sizilianer mehr als Fremde, sie sind wirklich Bewohner zweier Planeten, die hinsichtlich Sprache, Kultur und

Temperament völlig verschieden und weit voneinander entfernt sind.

Minniti, Schiassi, Mancini, Giuseppe Parlato, der Erste Torpedoschütze, Negri, Raffa – allesamt mit verstörten Augen, Pickeln, schmutzigen Haaren, fleischigen Mündern, hervorstehenden Stirnadern, straffer Haut, Tätowierungen, mit Händen, die nie dort sind, wo sie hingehören.

Die Wände geschmückt mit Heiligenbildchen, Madonnen, Ehefrauen, Freundinnen und Pin-up-Fotos, aufgehängt sind Hörner und Hufeisen gegen den bösen Blick. Knoblauchknollen stecken zwischen den Bordinstrumenten.

Die Jugend von ganz Italien ist in dieser stählernen Zigarre versammelt.

Und doch ist gerade der Schmelztiegel, in dem alle Dialekte, kleine und große Talente, dumpfer heidnischer Glaube, die egalitäre Revolution des Christentums und die alten Relikte miteinander verschmolzen sind, unser größter Schatz. Dieses wunderbare, verkommene Durcheinander, genau das ist Italien.

Liebste Rina, sei stolz auf unseren Kampf, gib diesen Stolz an unseren Sohn weiter und verzeih, wenn ich dir meine Nachrichten nicht übermitteln kann, wir schalten den Funk nur im äußersten Notfall ein.

Mein Kreuz schmerzt ständig, aber ich greife nicht zum Morphium, sosehr es mich auch danach verlangt, und ich mache Yoga, wenn ich traurig bin, weil ich wehmütig an Sottomarina denke, an uns als Kinder und an Don Voltolina, der, anstatt selbst zu essen, einem anderen zu essen gibt, der hungriger ist als er.

Dann beschließe ich, das Heimweh mit einem größeren Weh zu heilen, ich lasse Marcon kommen und bitte ihn, sich mit mir im Dialekt zu unterhalten. Die Süße der heimatlichen Sprache lullt mich ein, ich fühle mich nicht mehr weit weg, sondern wirklich daheim.

17

MARCON

13. Oktober 1940 | 22:15

Seit Tagen fahren wir ziellos kreuz und quer durch unser Einsatzgebiet. Nachts fahren wir aufgetaucht, um Luft zu schnappen und die Batterien aufzuladen, tagsüber bleiben wir unten; wir sind im Krieg, aber es gibt keinen Krieg, keinen Feind, es gibt überhaupt nichts. Nichts als graues Wasser und schwarzer Himmel, oder andersherum. Aus Betasom gibt es keine Meldungen über Konvois, die angegriffen werden sollen. Auch Radio Andorra ist verstummt.

Todaro ist müde, das merkt man. Er ist erschöpft und hat Schmerzen, die von dem Stützkorsett herrühren, das er unter seinem stets ganz zugeknöpften Hemd zu verbergen sucht. Verbergen möchte er auch seine Schmerzen, aber weil ich sie kenne, weiß ich, dass er leidet. Ich kenne sie, sie weichen einem nicht von der Seite. Weil wir beide gelitten haben, sind wir im Lazarett zu Freunden geworden.

Heute Abend hat er mich in seine Kajüte gebeten. Nach dem ersten Tag bin ich nicht mehr in seiner Kajüte gewesen, und ich dachte, ich würde sie auch nie mehr betreten. Er hieß mich auf seinem Stuhl Platz nehmen, zog Hemd, Unterhemd und Hose aus und setzte sich in Unterwäsche auf die Pritsche. Das Metallkorsett lag frei, mit dem Rücken lehnte er am Schott. Er schloss die Augen, und seine Züge entspannten sich. Mich beachtete er nicht mehr, als ob ich gar nicht da wäre. Ich bin also stumm wie ein Fisch und passe nur auf, dass nicht einmal mein Atem ihn stört, und so verharre ich fünf Minuten lang.

Eine seltsame Situation.

Nur meine Augen bewege ich, denn die machen keine Geräusche. Ich schaue mich in seiner kleinen geheimen Welt um. Auf dem Tischchen liegen neben einem Brief an seine Frau (»Liebste Rina …«) das Morphium, unangetastet, sowie eine Zeitschrift mit dem Titel *La Rivista Magnetica* vom November 1930. Im Inhaltsverzeichnis steht: *Geschichte des Okkultismus* und *Geistige Magie im …*

Plötzlich schreckt mich seine Stimme auf.

»Sag mir was auf Venezianisch.«

»Auf Venezianisch?« Wie die Juden antworte ich mit einer Frage auf eine Frage.

»Ja, im Dialekt.«

»Ja, und was soll ich dir sagen?«

»Was du willst. Erzähl mir von deinen Träumen, deinen Leidenschaften, von deiner Familie. Das ist ein Befehl.«

Auf seinem Gesicht erscheint ein kaum wahrnehmbares Lächeln. Und ohne nachzudenken, wie wenn man einen Befehl befolgt, fange ich an zu reden.

»Also, meine Familie … Ich bin Waise, meine Familie heißt Marina. Und die Familie meiner Frau, das ist eine große Familie, ein Haufen Leute: Schwager und Schwägerinnen, Neffen und Nichten, alle wohnen im Haus auf Sant'Erasmo, so beengt, dass es mir hier drin viel größer vorkommt, als wenn ich auf Urlaub daheim bin. Sie heißen Boscolo. Anständige Leute, alles Bauern, seit eh und je. Bauern auf Sant'Erasmo, seit eh und je. Sie haben ein Stück Land, da bauen sie die Spezialität der Insel an. Artischocken. Und weiße Trauben für den Prosecco. Sie hängen so an dem Land, meine Frau hat gar keine Lust gehabt, mit mir runter nach Tarent zu kommen, dann nach Livorno und dann nach

La Spezia, sie wollte in Sant'Erasmo bleiben und dort die Kinder großziehen. Dort bin ich nie gern gewesen, aber ich hab ihr versprechen müssen, dass ich, wenn ich noch lebe, wenn dieser Krieg vorbei ist, meinen Abschied nehme und mich dort niederlasse, wo ich noch nie gewesen bin.«

Und jetzt, als ich meinem Comandante von meiner Familie erzähle, im Dialekt, weil er es mir befohlen hat, passiert mir was Seltsames: Ich merke, dass ich diese einfachen Sachen noch nie jemand erzählt hab, schon gar nicht ihm. Und ich fühl mich ebenfalls ruhig und entspannt und rede weiter.

Meine Träume. Meine Leidenschaften.

»Ja, ich geh dann eben dorthin und züchte Esel. Ich mag Esel, mehr als Menschen, sie sind die schönsten Tiere von der ganzen Schöpfung. Ich mag ihre Geduld, ihre Bescheidenheit und auch ihren Verstand, weil Esel sind nämlich gescheit. Ich mag's, wenn sie versuchen, Schlägen mit einem Schnipsen der Ohren auszuweichen, so wie sie's mit Fliegen machen. Ich mag's, wenn sie mit der Würde, die bloß ein Esel hat, den Kopf senken und wenn sie dastehen auf ihren zierlichen Füßen, so vorsichtig, dass man vor Mitleid weinen möchte. Sie sind mir lieber als Menschen, aber jetzt bin ich hier, um für die Menschen zu sterben …«

Und jetzt ist Todaro offenbar eingeschlafen, mit dem Rücken gegen das Schott gelehnt, endlich sind seine Züge völlig entspannt. Dort, wo das Stützkorsett aufhört, hat der Kontakt mit der Haut einen lila Streifen hinterlassen. Doch als ich aufhöre zu reden, murmelt er, um zu zeigen, dass er mir zugehört hat: »Esel … ja, schöne Tiere, die Esel.«

Ganz langsam steh ich auf und schiebe ihm ein Kissen hinter den Kopf. Ich überleg, ob ich auf Zehenspitzen rausgehen soll, ich überleg es bloß, ich hab noch keinen Schritt getan, da hält er mich auf. »Nein … Bleib hier … und weck mich in einer Stunde …«

Das wär's dann mit seiner ganzen Ruhepause.

»Eine Stunde, das ist nicht viel, Salvatór.«

»Ich hab gesagt, eine Stunde ... Das ist ein Befehl.« Immer noch mit geschlossenen Augen und immer noch murmelnd.

Ich setz mich wieder hin.

Eine Stunde. Ich werfe wieder einen Blick auf die Zeitschrift: *Geistige Magie im menschlichen Leben. Die okkulten Kräfte: Ursprung der Magie. Die okkulten Kräfte: Erfahrungen mit der Hypnose. Die indischen Lehren: Die Asche des Körpers. Einführung in die indischen Lehren. Nekromantie. Reine Luft. Wissenschaft und Okkultismus.*

Sein in Eisen eingezwängter Brustkorb hebt und senkt sich langsam. Seine Gesichtszüge lösen sich im Schlaf. Endlich kommt er zur Ruhe.

Aber eine Stunde, das ist nicht viel.

MULARGIA

»*Po cambiai su chi apo nau cun s'ordini de ainnanti, po serviziu de chistionis sìghidi puru pusti su dosci de su mesi de ladamini usendu s'ora de lei in s'istadi. Passu.*«

Aus dem Gerät kommen krächzend Sätze, die nur ich verstehe. Die Stimme ist die von Unterleutnant Mùlliri Antonello, der in der nagelneuen italienischen U-Boot-Basis in Bordeaux am Atlantik stationiert ist, die den Codenamen »Betasom« trägt. Mùlliri sendet von der *Admiral de Grasse*, dem französischen Überseedampfer, auf dem die Marineführung die Funkstation installiert hat, und zwar in campidanesischem Sardisch, der Sprache, die im Süden von Sardinien gesprochen wird. Ich mache mir Vermerke in einem Notizbuch, während gleichzeitig der Comandante, der Obermaat Marcon und der Funkmaat Schiassi mithören, alle drei über das Funkgerät gebeugt, mit halbgeschlossenen Augen und geneigtem Kopf, und man sieht ihnen an, dass sie kein Wort verstehen.

Wenn Mùlliri »Passu« sagt, antworte ich: »Tempus. Ich sag's dem Comandante.« Dann lese ich dem Comandante bei ausgeschaltetem Mikrofon den Vermerk vor und übersetze die Nachricht ins Italienische.

»In Abänderung des vorherigen Befehls gilt die gesetzliche Sommerzeit auch noch nach dem 12. Oktober für den Nachrichtendienst.«

Es war meine Idee, mit Betasom auf campidanischem Sardisch zu kommunizieren: mein dritter ruhmreicher Augenblick seit Beginn unseres Einsatzes. Der erste war, als ich dem Comandante und allen Offizieren beibrachte, wie man »umgekehrt« raucht. Der zweite, als mir der Comandante die Auszeichnung für den Abschuss des englischen Flugzeugs verlieh. Und der dritte, als ich dieses System vorgeschlagen habe, um zu verhindern, dass die Engländer von unserem Funkverkehr mit der Basis in Bordeaux etwas mitbekommen. Bislang handelte es sich um dienstliche Informationen, die für sie ohne Belang waren, aber man weiß ja nie. Und weil mein Landsmann Mùlliri für den Funkdienst auf der *Admiral de Grasse* zuständig ist – eigentlich sind wir nicht direkt Landsleute, denn ich komme aus Nurri und er aus Mandas, dem Nachbardorf –, deshalb sagte ich also zum Comandante: »Sie könnten doch dem Kommando erklären, dass wir den Funkverkehr mit Mùlliri auf Campidanesisch führen wollen. Das ist besser als jeder Chiffriercode.« Ich sieze ihn nämlich immer noch, weil ich es nicht fertigbringe, ihn zu duzen, wie er es mir erlaubt hat. Er fand die Idee gut, und seit wir auf dem Atlantik sind, meldet mir Mùlliri alle Dienstanweisungen chiffriert in unserer Sprache, und ich übersetze sie für die Offiziere der *Cappellini*. Mein Papa wird stolz auf mich sein: Brigade Sassari, Infanterie, schwer verwundet in der Schlacht von Asagio und Bronzemedaille für Tapferkeit. Er machte ein bisschen Theater, als ich zur Marine ging, aber wenn er erfährt, wie ich mich unter der Besatzung der *Cappellini* unter dem Befehl von Comandante Todaro mache, ist er bestimmt mächtig stolz auf mich.

Ich schalte das Mikro wieder an und frage Mùlliri, ob das alles für heute war: »Grassia, Mùlliri. Nichts weiter? Passu.«

Und überraschenderweise ist es nicht alles: »*Eja. Eja. C'est un avvisu erribbau immòi immòi. Anti singialàu unu bastimentu stranu meda in fundu a unu stragàssu militari ingresu in sa sutt'eozona de bardàna numeru unu andendu concas a nord-sud. Passu.*«

Aufgeregt, weil ich verstehe, was das bedeutet, schalte ich das Mikro aus und übersetze:

»Achtung! Achtung! Ein nichtidentifizierter Dampfer wurde gesichtet. Er wird im Einsatzgebiet Nummer eins von einem britischen Militärkonvoi auf Kurs Nord-Süd auf Distanz eskortiert. Ende.«

Alle frohlocken, weil das Einsatzgebiet Nummer eins unseres ist. Es ist der Funkspruch, auf den wir gewartet haben, seit wir raus auf den Atlantik gefahren sind. Der Comandante sagt: »Kurs Nord-Süd, das heißt, er fährt nach Freetown.«

Aber die Stimme von Mùlliri krächzt erneut aus dem Lautsprecher, diesmal auf Italienisch: »Mulargia, bist du noch auf Empfang? Ende.«

Ich antworte auf Sardisch: »Ja, Mùlliri, sprich. Ende.«

Doch Mùlliri spricht weiter, in dem einfachen und korrekten Italienisch, das uns auf der Akademie beigebracht wurde. »Ich habe eine Nachricht für Comandante Todaro. Herr Kapitänleutnant, sind Sie da? Ende.«

Wir alle wundern uns darüber, dass Mùlliri nicht das Sardische verwendet. Der Comandante nimmt mir das Mikrofon aus der Hand und antwortet: »Ja. Ende.«

Als ob Mùlliri am anderen Ende der Leitung unsere Verwirrung bemerkt hätte, kommt die Erklärung: »Ich spreche Italienisch, weil es handelt sich um eine persönliche Mitteilung, Herr Kapitänleutnant. Es geht um meinen Cousin Careddu Efisio, den Elektriker, den Sie in La Spezia an Land gelassen haben. Drei Tage nach Ihrer Abfahrt wurde er wegen einer Bauchfellentzündung notoperiert. Wäre er mitgekommen, wäre er jetzt tot.«

Jetzt schauen wir alle den Comandante an, der unseren Blicken nur mit Mühe standhält. Mùlliri fährt fort: »Herr Kapitänleutnant, Careddu möchte Ihnen seine Dankbarkeit aussprechen, weil Sie verstanden haben, dass es ihm nicht gut ging, und weil Sie ihm dadurch das Leben gerettet haben. Und zugleich die Dankbarkeit seiner ganzen Familie, einschließlich, mit Verlaub, meine eigene.«

Dem Comandante fällt es immer schwerer, seine sphinxhafte Miene zu bewahren. Doch es gelingt ihm, er zieht bloß einmal die Nase hoch.

TODARO

Rina, der Bordschütze Bastino, unser Bordtätowierer, hat eine Silhouette des Magiers Bakù gezeichnet und sie mit meinem Konterfei versehen. Er hat auch das Metallkorsett abgebildet. Sie sagen, er gleicht mir aufs Haar.

So nennen sie mich: Magier Bakù. Das stört mich nicht, im Gegenteil, es macht mir Spaß, und hier unten ist ein Lachen Gold wert. Allerdings sehe ich die Dinge wirklich, wie sie sind. Ich sehe den Feind, wenn er kommt, und ich stehe bereit, das Geschütz im Anschlag.

Ich sehe aber auch, dass ich im Krieg sterben werde. Sei's drum, verdammt sei dieser Grieche, der mir mein Schicksal vor Augen geführt hat. Ich werde sterben. Aber im Schlaf. Solange ich wach bin, werden sie mich nicht kriegen.

MORANDI

Wenn ich in den Menschen das sehen könnte, was ich im Meer sehen kann, wäre ich wie der Comandante, ich wäre ein Magier. Aber in die Menschen sehe ich nicht hinein: auf Schlechtigkeit, Lüge, Bosheit bin ich nie gefasst. Ins Meer hingegen sehe ich hinein, auch wenn es so dunkel und trüb ist wie heute Nacht.

Im Meer von heute Nacht habe ich unsere Beute gesehen. Vielleicht ist es Glück, vielleicht ist es Zufall, aber das Schiff, das wir suchten, habe ich gesehen. Man hat mich in dem Moment zur Wache eingeteilt, als mein Dienst zu Ende war und mir die Augen von allein zufielen, und sie haben mich zusammen mit Siragusa eingeteilt, der kommt aus Mineo, aus Sizilien, und wenn der spricht, versteht man nichts, also kann man sich nicht einmal mit ihm unterhalten. Marcon, der Obersteuermann, hat etwas zu mir gesagt in seinem venezianischen Dialekt, und den versteht man genauso wenig, aber sinngemäß hieß es: »Du wirst es sehen, Morandi. Du hast ein scharfes Auge.« Das hat gereicht, mir mehr Auftrieb zu geben als acht Stunden Schlaf.

Dabei ist es nicht einmal eine Frage des Auges, denn das Meer beobachten wir mit dem Fernglas, nicht etwa mit bloßem Auge: Es geht darum, zu erkennen, was auf dem Meer vor sich geht. Zu Hause sah ich die Fische von der Wasseroberfläche aus und fing sie mit der Hand, ich sah die kleinen Boote inmitten der Stürme und brachte sie an Land. Ich sah Menschen, die zu ertrinken drohten, und rettete sie. Es gibt Leute, die Tiere von weitem sehen können, sogar im Gebirge, wo ich nicht einmal das sehen kann, was offensichtlich ist: »Da, ein Steinbock!« »Wo?« »Dort an diesem Grat!« »Welchem Grat?« »Dort, oberhalb des Überhangs!« «Welchem Überhang?« »Da, rechts von der Rinne!« »Welcher Rinne?« ... Auf dem Meer dagegen sehe ich alles. Ich muss aber natürlich auch dort sein, im Meer, um mich herum das Rauschen des Wassers, der Geruch, die Wellen und die Gischt, die alles durchnässt, so wie heute Nacht; andere stört das, mich nicht. Darum war ich es, der heute Nacht das Schiff gesehen hat, das wir suchten.

Ich habe gewartet, bevor ich Meldung machte, es war ganz schwer auszumachen bei dem schweren Seegang, in diesen Tagen gab es so viele Sinnestäuschungen: Das aber war keine Sinnestäuschung. Ich habe gewartet, bis ich die Flagge sehen konnte, das heißt, ich sah sie zwar, aber nicht, welche es war, wir waren zu weit weg, mindestens fünf Kilometer, kein Mensch hätte sie erkennen können. Ich hab zu viel gewollt, ich wollte das Schiff samt Flagge melden. Das war riskant, denn auch Siragusa konnte es jeden Moment sehen, also habe ich, als wir auf einem Wellenkamm waren und die Silhouette sich deutlicher abzeichnete, beschlossen, doch zu melden: »Dampfer voraus auf elf Uhr! Entfernung fünftausend Meter!«

Auf einmal ist die *Cappellini* praktisch aufgewacht, ein Gewusel von Matrosen an Deck, Rufe, Pfiffe, und innerhalb von tatsächlich kaum zwei Minuten steht der Comandante hier im Turm neben mir. Barfuß, Ölzeug über dem Metallkorsett, lange Unterhose und Sturmhaube, so späht er durch den Sehschlitz aufs Meer hinaus.

»Elf Uhr, Herr Kapitän«, sage ich. »Ein Frachter. Sehen Sie ihn?«

»Ja, zum Donnerwetter!«, antwortet er und schaut immer noch durch den Schlitz. »Gut gemacht, Morandi!« Hinter uns Siragusa, der sich bestimmt schwarzärgert.

Ich weiß, dass das forschende Auge des Comandante das Schiff jetzt, da er es gesehen hat, genauestens inspiziert: den Mastbaum, die nicht erkennbare Flagge, das Geschütz auf dem Aufbaudeck, alle Lichter aus … Dann beginne ich, das, was er sieht, zu benennen, als würde ich ihn an einen Ort begleiten, an dem ich schon einmal war. »Seine Lichter sind aus. Es ist ein Frachter, acht- bis zehntausend Tonnen, aber er hat eine Kanone am Bug.«

Der Comandante sagt eine Weile nichts, vielleicht hat er die Kanone noch nicht gesehen, denn die ist nicht leicht zu erkennen. Dann plötzlich: »Und der Geleitzug?«

»Der Geleitzug ist nicht zu sehen«, antworte ich.

Die Nacht ist trübe, diesig. Das Auge des Comandante forscht weiter. »Man kann die Flagge nicht erkennen«, sagt er.

»Nein, Herr Kapitän«, bestätige ich, und der Comandante weiß, dass sie, wenn ich sie nicht erkenne, auch niemand anderes erkennt. Aber das Schiff ist da, wir haben es entdeckt.

Das war also mein Beitrag. Aber ich bin nur ein Fähnrich. Während er der Comandante ist, und das Schöne daran (dass man Comandante ist) beginnt jetzt. »Jedenfalls«, sagt er, »ist es ein Schiff mit einer Kanone an Bord, das mit ausgeschaltetem Licht in einem Kriegsgebiet fährt. Ich versenke es.«

21

MARCON

15. Oktober 1940 | 23:15

»Alle Mann auf Gefechtsstation!«

Die *Cappellini* wird von dem Ruf aufgeschreckt, auf den alle gewartet haben. Nur wenige von uns wissen, was vor sich geht, nämlich dass Morandi einen Dampfer gesichtet und Todaro entschieden hat, ihn anzugreifen. Die meisten dieser Männer leben in ihrem kleinen Bereich unter Deck und sehen nichts als Druckmesser, Leitungen, Räder, Ventile. Tag und Nacht werden sie hin und her gerüttelt, durchgeschüttelt, aufgeschreckt. Eigentlich ist für sie dauernd Nacht. Aber nun braucht es nur diesen Ruf, damit Kommandos in alle Richtungen weitergegeben werden, die Befehle Todaros werden wiederholt vom Chefmaschinisten Bursich.

»Äußerste Kraft zehn Grad Steuerbord voraus!«, und die *Cappellini* nimmt Fahrt auf. »Kurskorrektur: weitere fünf Grad nach Steuerbord!«, um dem Feind ein möglichst kleines Ziel zu bieten. Feind … Wir wissen nicht mal, ob's überhaupt ein Feind ist. Wir hoffen es, sind uns aber nicht sicher.

Die Diesel laufen auf Hochtouren. Das Tuckern des Normalbetriebs ist zu einem Dröhnen geworden. Todaro gibt Minniti, dem Mann am Hydrophon, ein Zeichen. Über Kopfhörer horcht er aufmerksam in sein Gerät, genau das, das ich fast täglich repariere, dann wendet sich zum Comandante: »Wir kommen näher«, sagt er.

»Entfernung?«

»Zweitausendfünfhundert Meter.«

Todaro geht in Richtung Kommandozentrale. Ich weiß, was in seinem Kopf vorgeht, ich kenne ihn, aber ich frage ihn trotzdem, denn ich darf das: »Tauchen wir und torpedieren wir, Salvatór?«

Todaro hat schon die Hand an der Leiter. »Nein.«

Natürlich. Comandante Salvatore Todaro ist absolut gegen Torpedos.

»Diese Zäpfchen finden nie den Arsch«, sagt er im Dialekt, damit nur ich und Stiepovich ihn verstehen. »Wir bleiben oben. Macht die Geschütze klar.«

Also Überwasserangriff. Oder besser gesagt aus dem Hinterhalt, wie es in der Dienstanweisung heißt: Todaro lässt die Dieselmotoren abschalten und auf Elektroantrieb umstellen, auch bei Überwasserfahrt. Weil sie keinen Krach machen.

Wir gehen an Deck. Es ist heller geworden. Je näher wir dem Ziel kommen, desto ruhiger wird die See: Es heißt, der Atlantik sei launischer als eine Witwe, und das stimmt. Binnen einer halben Stunde gerät man aus einer heftigen Bö in eine Flaute.

Wir ziehen uns die Sturmhauben über das Gesicht: Nicht wegen der Kälte, sondern weil wir uns damit gegenseitig als schwarze Engel der Apokalypse sehen, und das erregt uns. Adrenalin ist das Gegenmittel gegen die Todesangst.

22

LESEN D'ASTON

Die See ist spiegelglatt, schwarz, wie Öl.

Die *Cappellini* fegt flach über das Wasser dahin. Kein metallisches Blitzen. Ein schwarzer Fleck auf schwarzem Grund, geräuschlos und schnell.

Der Comandante steht kerzengerade da, hält das Gleichgewicht wie der Artist, der aufrecht auf dem Pferd steht.

Er ist nicht einmal ganz angezogen, steht halbnackt da.

Er schaut auf die Uhr, die zur Ausrüstung des Marineoffiziers gehört. Es ist kurz vor Mitternacht.

Der unbekannte Dampfer ist jetzt in der Nähe, die dunkle Masse ist in Schussweite. Die *Cappellini* liegt so, dass sie die geringste Angriffsfläche bietet.

Der Comandante befiehlt absolute Ruhe.

Von dem unbekannten Schiff aus wird die Kanone abgefeuert. Der Schuss geht weit über uns hinaus.

Der Comandante gibt den Bordschützen ein Zeichen, sie sollen abwarten.

»Wir sind zu nah dran, mit dem Geschütz kriegen sie uns nicht mehr.«

Noch ein Schuss von dem fremden Schiff. Auch der geht viel zu weit.

Im Visier der Kanoniere ist der Dampfer klar und deutlich zu erkennen.

Der Comandante senkt die Hand.

»Feuer!«

Die Bordschützen feuern, sie feuern, was das Zeug hält, immer wieder.

Ein Schuss von Bastino. Daneben. Ein zweiter von Poma. Daneben.

Poma hat seine Sturmhaube nicht heruntergezogen, sein Gesicht ist zu einer gequälten Grimasse verzogen. Er kann die rechte Hand nicht benutzen, er hat sie sich gebrochen, als er mit der Faust nach Leandri schlug, aber stattdessen das Schott traf. Mit zusammengebissenen Zähnen feuert er weiter, schafft es aber nicht, sauber zu zielen.

Rings um uns schlagen die Geschosse des fremden Dampfers ein. Offenbar konnten sie ihre Ballistik korrigieren.

Stiepovich sagt etwas zum Comandante, was ich nicht höre. Der Comandante sieht ihn an und nickt.

Stiepovich kommt zu mir herüber, man sieht die Bartstoppeln durch seine Sturmhaube.

»Poma kann mit der gebrochenen Hand nicht schießen. Ich übernehme seinen Posten.«

Er geht zu Poma und zerrt ihn von der Kanone weg.

Poma ist ein stolzer Kerl, er würde sich gerne wehren, doch Stiepovichs Dienstgrad hält ihn davon ab. Vielleicht ist es aber auch die verletzte Hand.

Er sieht mich an.

Ich bin der Geschützführer. Ich winke ihn zur Seite, und Stiepovich tritt an die Kanone.

Ich bin der Geschützführer, und eigentlich wären Mulargia, Nucifero, Cei oder Cecchini an der Reihe. Sie sind die Kanoniere. Notfalls wäre ich an der Reihe. Stiepovich hat nichts mit den Geschützen zu tun. Aber Stiepovich ist mein Freund. Wir sind die jüngsten Offiziere an Bord. Er hat mir schon oft erzählt, wie gerne er schießt. Und er hat ja schon den Comandante gefragt, und der hat zugestimmt.

Das fremde Schiff hat tatsächlich seine Artillerie korrigiert, und die Geschosse hageln auf das Deck der *Cappellini*.

Gewaltige Flammen lodern auf.

Der erste Schuss von Stiepovich ist ein Treffer und setzt einen Teil des Hecks in Brand.

Stiepovich stößt einen Freudenschrei aus.

Jetzt kann man an der Bordwand des Schiffs auch einen Namen lesen: *Kabalo*.

Und nun sieht man auch, warum man die Flagge nicht erkennen konnte: Sie ist fest am Fahnenmast zusammengerollt. Und man erkennt sie auch jetzt noch nicht.

Die *Kabalo* feuert weiter, die Granaten pfeifen über unsere Köpfe hinweg. Aber eine weitere Breitseite, wiederum von Stiepovich abgefeuert, trifft ihre einzige Kanone auf dem Aufbaudeck und zerstört sie.

Doch im letzten Moment hat sie noch einen Schuss abgegeben, der auf unserem Deck einschlägt. Stiepovich fällt zu Boden, er ist verwundet. Comandante Todaro, Obermaat Marcon und ich rennen zu ihm hin.

Der Ausguck meldet: »Feindliches Geschütz außer Gefecht!« In der Tat hat die *Kabalo* aufgehört zu schießen. Ihr Deck ist jetzt ein einziges Flammenmeer.

Auch an Deck der *Cappellini* brennt es, aber die Besatzung ist dabei, den Brand zu löschen.

Das Maschinengewehr feuert immer noch weiter.

Der Comandante nimmt Stiepovich in die Arme und zieht ihm die Sturmhaube ab. Er sieht, dass sein Bein zertrümmert ist, und wendet sein Gesicht nach oben, damit der Verletzte es nicht sehen kann.

Er dreht sich zu Marcon.

»Hol drei Männer. Sie sollen ihn runterbringen.«

Stiepovich zittert am ganzen Leib.

»Hab's gesehen, das Bein, Herr Kapitän.«

Auch seine Stimme zittert. Sein Bein ist futsch. Der Stiefel scheint aus dem Nichts zu baumeln.

»Herr Kapitän, ich bitte Sie, lassen Sie mich hier. Ich will zusehen, wie der Feind untergeht.«

Der Comandante atmet tief durch, einmal, zweimal. Er nimmt auch seine eigene Sturmhaube ab. Zu Marcon gewandt sagt er: »Hol mein Morphium.«

Mein Morphium ...

Vielleicht ist es wegen seinem Rücken, vielleicht auch nicht, aber das Korsett um seinen Brustkorb muss ihm höllische Schmerzen verursachen.

Marcon verschwindet in Todaros Kajüte.

Wir wissen gar nichts über den Comandante.

Der Comandante richtet Stiepovichs Kopf auf, sodass er das Schiff sehen kann, das wie ein Scheiterhaufen auf dem schwarzen Wasser brennt.

Er wendet sich mir zu: »Auf Beta 90 heranfahren und Torpedo von 533 losmachen.«

Ich gebe den Befehl an Unteroffizier Parlato weiter.

Parlato begibt sich in Richtung Kommandozentrale. Dort gibt er den Befehl weiter.

Die *Kabalo* brennt lichterloh, legt sich über.

Stiepovich hebt den Kopf. Er zittert immer stärker.

»Ein schöner Torpedo, das wär's jetzt, was, Herr Kapitän?«

Die Torpedomannschaft macht sich bereit, den Befehl auszuführen. Cei am MG feuert weiter auf die brennende *Kabalo*.

In der Ferne erhellt eine Explosion den Himmel hinter dem brennenden Schiff.

Auch meine Stimme zittert: »Ziel verfehlt, Herr Kapitän! Irrläufer. Ich lass wiederholen ...«

»Nein, Lesen! Vergessen Sie's. Mulargia zu mir!»

Mulargia kommt, auch er ohne Sturmhaube und mit Kopf-verband.

»Ja, Herr Kapitän?«

»Versenk es mit allem, was wir haben.«

Der Comandante drückt Stiepovichs Kopf in seine Arm-beuge.

Er mag keine Torpedos, das wissen wir ja.

Jetzt sind die *Cappellini* und die *Kabalo* einander sehr nahe. Und jetzt sieht man auch die Flagge des Schiffs.

Stiepovichs Augen sind noch offen: »Es sind Belgier, Herr Kapitän.«

»Ja. Und die sind doch angeblich neutral, verdammt noch-mal!«

»Ich werd's ihnen sagen, Herr Kapitän.«

Er hat noch die Kraft, uns zum Lachen zu bringen.

Mulargia feuert einen ersten Schuss ab, der allerdings dane-bengeht. Ein zweiter Schuss ist ein Volltreffer.

Eine noch rötere Flamme schlägt aus dem Heckladeraum. Ein noch tieferes Grollen. Eine noch gewaltigere Explosion.

Einige Männer stehen in Flammen und stürzen sich vom Deck ins Wasser. Schreie und Pfiffe gellen, danach eine unheim-liche Stille, in der nur das Tosen der Flammen zu hören ist.

Dann kommt Marcon mit dem Morphium. Der Comandan-te bedeutet Stiepovich, stillzuhalten. Dann befüllt er die Spritze und verabreicht ihm die Injektion. Er bemüht sich, Stiepovichs Kopf möglichst hoch zu heben, damit er das Spektakel der mit Schlagseite in Flammen stehenden *Kabalo* sehen kann.

Lautstark berstende Takelage. Höllisches Gegurgel.

Die *Kabalo* sinkt und kreischt wie ein Hummer, den man le-bend in den Topf geworfen hat.

Stiepovich schließt langsam die Augen. Es sieht aus, als wür-de er sie nicht mehr öffnen, doch er macht sie genau in dem Moment wieder auf, als die *Kabalo* ganz von der See verschlungen wird.

Das Schiff verschwindet plötzlich und feierlich und hinterlässt dichten weißen Qualm, wo zuvor brennendes Eisen war.

»Danke, Herr Kapitän.«

Stille.

STIEPOVICH

Maschinen. Dies ist ein Krieg der Maschinen. Und der Frieden, der eines Tages kommen wird, wird ein Frieden der Maschinen sein. Die Zukunft wird die Zeit der Maschinen sein, die den Menschen helfen werden, ihren Wohlstand zu mehren, so wie sie ihnen jetzt helfen, ein feindliches Schiff zu versenken. Aber die Maschinen werden besser sein als der Mensch, sie werden auch denken, vernünftig denken können. Ja, die Zukunft wird uns intelligente Maschinen bescheren, die imstande sein werden, uns zu beraten und uns unsere Ängste zu nehmen; und diese Zukunft ist gar nicht fern, sie ist schon da, jenseits dieses in Flammen stehenden Schiffs, hinter dem schwarzen Horizont, gleich jenseits der Zeit, die wir brauchen, um uns nicht mehr gegenseitig umzubringen und einen Weg zu finden, in Frieden zusammenzuleben. Ich kann es sehen. Die Maschinen erwarten uns in der Zukunft, und die Zukunft erwartet uns, die Zukunft erwartet uns gleich nach dem Krieg. Eine wunderbare Zeit erwartet uns.

LESEN D'ASTON

Wäre Stiepovich nicht mein Freund gewesen, wäre er jetzt nicht hier. Wäre er nicht mein Freund gewesen, wäre jetzt Nucifero oder Cecchini oder Cei an seiner Stelle.

Stiepovich schließt wieder die Augen. Diesmal macht er sie nicht wieder auf.

Der Comandante drückt die Finger gegen die Schläfen, in jenem langen Moment, in dem der Tod, jeglicher Tod, jedem den Atem verschlägt und unüberwindlich scheint.

Hätte Todaro nicht ja zu ihm gesagt, wäre Stiepovich nicht hier.

Aber dann atmet er schwer durch die Nase, blickt auf und sieht mir, Marcon, Parlato in die Augen und fasst wieder Mut.

Der Tod liegt noch in seinen Armen, aber er verschlägt ihm nicht mehr die Sprache.

Die Stimme eines Matrosen zerreißt die Stille.

TODARO

Schließlich ist es passiert.

Wir haben ein Schiff versenkt, das mit ausgeschaltetem Licht fuhr, aber darum geht es nicht. Das ist ja der Grund, warum wir hier sind. Wir haben noch einen zweiten von den Unseren verloren, einen begabten und mutigen jungen Offizier.

Aber, Rina, auch darum geht es nicht.

Was passierte, passierte unmittelbar danach, als die Takelage der bombardierten *Kabelo* bereits eingestürzt und das Schiff auf den Meeresgrund gesunken war. Als die brennenden Treibstoffblasen das Meer zum Kochen brachten, passierte das, was mir in ruhigen Nächten den Schlaf raubte, worüber ich immer wieder nachdachte und weshalb ich mich fragte, was ich tun würde, falls es passierte – vielmehr nicht »falls«, sondern »wenn« es passierte, denn ich wusste, dass es passieren würde.

Eine erste Stimme kam von achtern: »Zwei Mann im Wasser von Steuerbord! Herr Kapitän, was sollen wir tun?« In meinen Armen hielt ich den Leichnam von Stiepovich im Arm, der soeben den Heldentod gestorben war. Ein Lichtstrahl durchdrang das stockdunkle Meer, von dem verzweifelte Rufe und noch verzweifeltere Pfeiftöne herüberdrangen.

Eine zweite Stimme rief vom Bug her: »Noch drei Mann von Backbord! Herr Kapitän, was sollen wir tun?«

Schiffbrüchige, Rina. Besiegte Männer, die sich nur mit Mühe über Wasser hielten und mit all ihren verbliebenen Kräften auf das schwarze U-Boot zuschwammen, das soeben ihr Schiff versenkt und ihr Unglück verschuldet hatte. Männer, die bis vor einer halben Stunde die gleichen Dinge besessen hatten wie wir alle, und wohlgemerkt, ich rede nicht von Geld, nicht von Reichtum, sondern von den armseligen Dingen, die jeder Mann immer bei sich hat, auch im Krieg: die Fotos seiner Lieben, Rasierer, Pinsel, Seife, Zigaretten, Streichhölzer, Kamm, Brillantine, Nagelschere, Schlüsselbund, Ersatzkleider, einen von der Mama gestrickten Wollpullover, Hausschuhe, die Taschenuhr, die einem Vorfahr gehört hatte, ein Kartenspiel, ein Füllfederhalter mit einem Tintenklumpen an der Feder. All diese Habseligkeiten waren in diesem Moment im Begriff, zusammen mit dem Schiff auf den Grund des Meeres zu sinken. Diese Männer hatten nun gar nichts mehr. Sie hatten nur einen Körper, der immer schwerer wurde, je näher das Ende war, einen noch warmen Körper, der im eiskalten Wasser binnen wenigen Minuten zu erfrieren drohte. Aber, liebste Rina, es stimmt nicht, wenn ich sage »hatten«: Nein, sie »waren« diese Körper, und nichts als das. Sie waren keine Überlebenden, wie Befehl 154 sie bezeichnet, sie waren Schiffbrüchige. Ich sah ihre weit aufgerissenen Augen, ihre klaffenden Münder, als sie sich näherten, während ich den armen Stiepovich, den ich sehr gern gehabt hatte, immer noch in meinen Armen hielt.

Marcons Stimme: »Rettungsboot längsseits, Salvatore, voll mit Männern. Was sollen wir tun?«

So war das, und es gab nur die eine Frage: »Was sollen wir tun, Herr Kapitän? Was sollen wir tun? Was sollen wir tun?«

Der Befehl Nummer 154 von Admiral Dönitz ist eindeutig: Er besagt, dass die Überlebenden zurückzulassen sind und man verschwinden soll. Und die Befehle Lord Cunninghams und auch von Churchill für die Briten lauten genauso: angreifen, versenken, verschwinden. Wir befinden uns im Krieg, verdammt noch einmal.

Wir befinden uns im Krieg, Rina, und du weißt, wie sehr ich den Krieg respektiere, du weißt, wie sehr mein ganzes Sein auf den Krieg ausgerichtet ist, und du weißt, wie viel ich dem Krieg zu opfern bereit bin. Du weißt das, weil ich dich dem Krieg geopfert habe: unsere Liebe, unsere Familie. Wir befinden uns im Krieg, das weiß ich sehr gut: Aber das ist es nicht allein. Wir sind auf See. Und wir sind Menschen. Und auch die See hat ihre Gesetze, so wie der Mensch, ob im Krieg oder im Frieden.

Dönitz' Befehl Nummer 154 ist eindeutig, aber im Dunkel der Nacht auf dem Atlantik war Dönitz nicht da. Ich hingegen war da, und über mir war nur der liebe Gott, wie Pater Voltolina ihn genannt hat: »Der liebe Gott, der alles sieht …«

Wie oft habe ich darüber nachgedacht, liebste Rina! Wie oft habe ich diesen Moment vor Augen gehabt! Wie oft habe ich mich schon gefragt: »Herr Kapitän, was sollen wir tun?«

26

MARCON

16.Oktober 1940 | 4:00

»Holt sie rauf!«

Ich selber wiederhole Todaros Befehl, und die Matrosen führen ihn sofort aus. Sie packen die, die mehr tot als lebendig
schwimmend ankommen, und ziehen sie hoch, während das
überladene Rettungsboot sich im Näherkommen auf dem Öl-
teppich, den die *Kabalo* hinterlassen hat und der sich im Licht
des Scheinwerfers spiegelt, deutlich abhebt.

Es sind fünf Männer, einer von ihnen hat nicht einmal mehr
die Kraft, sich am Tau festzuhalten, mit dem er an Deck unseres
Boots gehievt werden soll. Einer seiner Kameraden stützt ihn
und hilft ihm hinauf, dann steigt er selbst hoch. An Deck begeg-
net sein erschöpfter und dankbarer Blick dem von Todaro, er
erwacht wieder zum Leben. Dann werden die anderen drei an
Deck geholt. Zwei von ihnen sind dunkelhäutig, so dunkel, wie
heute Nacht alles ist. Bastino und Cardillo beäugen sie misstrauisch, fassen sie kaum an. Der Dritte, ein Weißer, sieht mit
seinem verbrannten Gesicht aus wie ich.

Das Rettungsboot kommt längsseits und wird von den
Scheinwerfern der *Cappellini* beleuchtet. Ich zähle die Neuan-
kömmlinge: An Bord sind jetzt noch einundzwanzig weitere
Männer. Todaro wendet sich an den Schiffbrüchigen, mit dem
er als Erstem die Blicke getauscht hat, den, der seinem Kameraden geholfen hat: »Français?«

Er ist ein junger Mann, nicht älter als Stiepovich, der tot danebenliegt. Seine Kleider sind klatschnass, aber auch versengt: Er ist einer von denen, die brennend ins Meer gesprungen sind. Doch selbst Angst, Erschöpfung und das Erstaunen darüber, einen halbnackten Offizier vor sich zu haben, können einen Abglanz von Schönheit nicht aus seinem Gesicht löschen.

»Ich spreche Italienisch«, erwidert er.

Todaro fordert ihn auf, sich auszuweisen, und er erklärt, er sei Marineleutnant Jacques Reclercq. Man merkt praktisch nichts von einem Akzent, er spricht besser Italienisch als viele von uns, mich eingeschlossen. Todaro fragt – obwohl wir es bereits wissen – nach Name und Nationalität des versenkten Schiffs. Er antwortet und fügt hinzu, dass Belgien in diesem Krieg neutral ist. Daraufhin will Todaro wissen, warum sie mit ausgeschaltetem Licht unterwegs waren, und er antwortet, das wisse er nicht. Todaro deutet auf den dunklen Horizont und fragt: »Und warum hat ein britischer Konvoi ein neutrales Schiff begleitet?« Niemand hat diesen Geleitzug gesehen, aber die Frage trifft ins Schwarze, denn der junge Mann antwortet nicht. Mit den Augen sucht er jemanden, und sein Blick bleibt bei einem massigen, grimmig aussehenden Mann hängen. Den Rangabzeichen auf seinem Kragenspiegel nach muss es der Kommandant sein. Er fixiert den Jungen mit einem finsteren Blick, der eine Drohung enthält, und dieser antwortet immer noch nicht auf Todaros Frage.

Todaro betrachtet diesen Kommandanten, einen nicht mehr jungen, kräftigen Mann, dessen wettergegerbtes Gesicht von Falten durchzogen ist. Er führt seine Hand an die Mütze und fragt ihn, ob auch er Italienisch spricht. Der grüßt nicht zurück, und die Frage beantwortet er knapp mit einem Wort, das auch ich verstehe: »Dutch.« Verächtlich blickt er Todaro an, doch der nimmt keine Notiz davon, ja er lächelt sogar. Er schaut zu mir herüber und sagt: »Das sind keine Soldaten, da braucht man sich nicht zu wundern.« Dann wendet er sich wieder an seinen finsteren Kollegen und fordert ihn auf Italienisch auf, an Bord der *Cappellini* zu kommen. Das versteht er, denn er steigt aus dem Rettungsboot, auf dem ein unwirkliches Schweigen herrscht, und kommt an Bord. Auch wenn er kein Soldat ist, kann er nicht verkennen, dass ihm Todaro ein ganz außerordentliches Entgegenkommen erweist, schon von dem Moment an, als er die Vorschriften verletzt hat, indem er ihn an Bord geholt hat, aber er lässt keinerlei Dankbarkeit erkennen. Todaro befiehlt mir, ihn zusammen mit dem jungen Mann in die Offiziersmesse zu bringen, und geht. Geht vorbei an den vier Männern, die er soeben dem Tod entrissen hat, vorbei an dem leblosen Körper von Stiepovich, der immer noch neben dem Geschütz liegt, und befiehlt zwei Marinesoldaten, die Leiche unter Deck zu bringen, und verschwindet in seiner Kajüte.

Bastino und Cardillo sollen mir helfen, den Befehl auszuführen. Sie sind froh, sich von den beiden Schwarzen, die sie gerade an Bord gehievt haben, entfernen zu können, fassen den jungen Offizier am Arm und bugsieren ihn in Richtung Zentrale. Er ist so anders als sein Kapitän: Trotz seiner bedauernswerten Lage und der Kälte trägt er eine nahezu begeisterte Miene zur Schau. Ich denke mir: Das ist ein junger Kerl, der den Wert des Lebens zu schätzen weiß. Ich bedeute seinem Kommandanten, vorauszugehen, fasse ihn aber nicht an. Er geht an seinen vier halb erfrorenen Matrosen vorbei, ohne sie eines Blickes zu würdigen, ebenso an den beiden Marinesoldaten, die Stiepovichs Leiche bergen. Wir gehen unter Deck.

In der Offiziersmesse sitzen Todaro und Fraternale auf einer Seite, der Kommandant und Reclercq auf der anderen, beide in schwere Militärdecken gehüllt. Ich stehe hinter ihnen. Der Junge macht mir keine Sorgen, aber der andere gefällt mir gar nicht. Meine Hand in der Jackentasche umklammert den Griff des Dolchs, den uns Todaro vor dem Auslaufen gegeben hat. Man weiß ja nie.

Todaro schenkt zwei Gläser Kognak ein und reicht sie den beiden Belgiern. Reclercq bedankt sich und nimmt einen kleinen Schluck, genießt ihn als das, was er ist: eine wahre Rückkehr ins Leben. Der andere hingegen kippt den Schnaps wortlos hinunter. Todaro bittet den Jungen zu übersetzen und wendet sich dem Kommandanten zu.

»Wie heißen Sie?«

Der Gefragte antwortet, ohne dass es einer Übersetzung bedarf: »Vogels.«

Da begreift der Alte: Er hat gerade mal ein einziges Wort gesagt, und schon hat er gelogen. Todaro sieht ihn unverwandt an: »Schiffe unter neutraler Flagge müssen mit Licht fahren. Warum sind Sie bei ausgeschaltetem Licht gefahren?«

Reclercq übersetzt: »Dringhe Dranghe. Dringhete dranghete. Bliven blaven. Blund.« Als Antwort kommt wieder nur ein Wort: »Defekt.«

Todaro nickt. »Verstehe«, sagt er. »Und warum haben Sie uns angegriffen?« Eine weitere Übersetzung, eine weitere einsilbige Antwort: »Es ist Krieg.«

Die nächste Frage ist die entscheidende: »Was hatten Sie geladen?« Denn das ist der springende Punkt. Und diesmal antwortet Vogels, nachdem Reclercq gedolmetscht hat, nicht: Er hält Todaros Blick stand und macht den Mund nicht auf. Todaro und Fraternale tauschen einen Blick: Dieses Schweigen sagt mehr als genug, es bedeutet, dass wir kein neutrales Schiff versenkt haben. »In Ordnung«, erklärt Todaro dann, »das Dringendste ist jetzt die Rettung. Wie viele Rettungsboote haben Sie zu Wasser gebracht?«

Übersetzung. Antwort: »Zwei.«

Todaro nickt erneut. Er schaut zu Fraternale, dann zu Reclercq. Dann zu mir. »Die anderen könnten jetzt schon alle tot sein«, sagt er.

6:00

Todaro folgt Reclercq und Vogels zum Rettungsboot. Die Schiffbrüchigen, die aus dem Meer gezogen wurden, klettern, in Decken gehüllt, wieder in das Rettungsboot und suchen sich einen Platz. Todaro wendet sich an Vogels und Reclercq: »Ihnen ist klar, dass ich Sie nicht an Bord nehmen kann, ja?« Reclercq übersetzt. Sie nicken.

Giggino und der Arme Bicienzo verteilen Fleischkonserven, Kondensmilch und Kekse an die Matrosen im Rettungsboot. Reclercq dolmetscht, was Todaro zu sagen hat: »Haben Sie Karten, Kompass und Zirkel?«, fragt er Vogels. Haben sie. »Ich lasse Ihnen Lebensmittel und Wasser da. Wir befinden uns auf 31°80' Nord, 31°30' West. Wo wollen Sie hin?« Nach Madeira.

Mit ernster Miene schaut Todaro auf den düsteren Horizont, und ich weiß, was er denkt, nämlich das Gleiche wie ich: Der britische Begleitschutz ist schon über alle Berge, der wird sie nicht mehr aufnehmen. Madeira ist mindestens sechshundert Seemeilen entfernt, wenn nicht mehr. Die Laune der kapriziösen Witwe hat sich erneut geändert, die See geht höher, eine eisige Brise von wer weiß woher ist aufgekommen. Ich und Todaro schauen gleichzeitig auf die Uhr, es ist sechs Uhr früh. Mittlerweile machen wir alles gemeinsam, denn ich bin mir auch jetzt sicher, dass wir dasselbe denken, oder besser gesagt, in diesem Fall können wir es beide nicht denken. Den letzten Akt können wir uns nicht vorstellen. Bis Todaros Stimme dieses Loch mit einem ungeheuerlichen Satz füllt, bei dem mir der Atem stockt: »Bleiben Sie auf Kurs und halten Sie sich über Wasser. Ich berge das andere Rettungsboot und komme zurück, um euch in Schlepp zu nehmen. Ich verspreche es.«

Reclercq, der ebenso fassungslos ist wie ich, übersetzt für Vogels. Dann bedankt er sich, als er sieht, dass sein Kommandant diesmal nicht einmal den Mund aufmacht. Die beiden steigen in das Rettungsboot. Die Taue werden gelöst. Das Rettungsboot schwankt gefährlich.

27

RECLERCQ

… mitten auf dem Atlantik, in einem maroden Rettungsboot, das vollläuft, sehe ich meine Kameraden einen nach dem anderen an, sie sind alle viel älter als ich, die *Kabalo* war kein Kriegsschiff, sie war ein Frachter, ihre Besatzung besteht aus Seeleuten mit zerschundenen Händen, sie sind erschöpft, ausgelaugt, wettergegerbt, und jetzt scheinen sie sich mit dem Sterben abgefunden zu haben, im Gegensatz dazu das Gebrüll aus dem U-Boot, das uns versenkt hat, diese verrückten jungen Italiener, dieser übergeschnappte Kommandant, jung auch er, in kurzer Hose und mit einem eisernen Brustpanzer, der aus dem Unterhemd hervorschaut, ich frage Vogels, was er von ihm hält, und er antwortet mit zusammengebissenen Zähnen, ich mag keine Männer mit so einem Bart, er sagt es auf Flämisch, er war barfuß, sage ich, in Unterwäsche, sagt er, ja, in Unterwäsche, sage ich, und dabei lutschen wir diese Kondensmilch, die Charleroi heißt wie meine Stadt, und dann sitzen wir da, stumm und zitternd, stumm und fröstelnd, Vogels ist ein guter alter Seebär, aber er hat keine Manieren, er kommt aus Ostende, kann seine Männer nicht bei Laune halten, er versucht es nicht einmal, also versuch ich es, verdammt, ich versuche sie zum Lachen zu bringen, sie aufzuwärmen, in Charleroi, erzähle ich auf Französisch, da gab es, als ich klein war, einen Milchmann, der hatte eine Tochter mit zwei riesigen Titten, so groß, mein Vetter hatte mir erzählt, sie würde die Milch erzeugen, die ihr Vater verkaufte, und ich hatte ihm geglaubt, aber keiner der Männer würdigt mich eines

Blickes, sie scheinen alle wie gelähmt, klammern sich an den dünnen Strohhalm, der sie am Leben hält, nur einer antwortet mir, Caudron, ein Riesenkerl mit hervorquellenden Augen und einer stark hervortretenden Ader auf der Stirn, er antwortet mir geringschätzig, auf Flämisch, es ist sinnlos, Geschichten zu erzählen, Reclercq, sagt er, die Faschisten werden nicht zurückkommen, um uns zu holen, sagt er, und woher willst du das wissen?, frage ich, weil es Faschistenschweine sind, warum haben sie uns dann nicht einfach auf See zurückgelassen, sage ich, warum haben sie uns gerettet, warum haben sie es uns versprochen? Aber er hört nicht zu, du glaubst an die Faschisten, Reclercq, wiederholt er zweimal und steht empört auf, ohne meine Antwort abzuwarten, und drängt sich an die Wand aus Körpern, die das Rettungsboot füllen, er bahnt sich einen Weg, als wären sie ein Vorhang, und stellt sich auf die andere Seite, ans Heck, während es nach und nach heller wird, und da spreche ich noch einmal Vogels an, ich versuche ihn zu provozieren, die Engländer sind verschwunden, sage ich, wir haben ihre Flugzeuge transportiert, wir sind ihretwegen angegriffen worden, und sie lassen uns hier im Stich, sage ich, wir sind ihnen völlig egal, aber Vogels dreht sich nicht einmal zu mir um, er blinzelt kaum merklich, das ist seine ganze Reaktion, aber ich gebe nicht auf, im Hafen, sage ich, bevor wir ausgelaufen sind, da habe ich gehört, dass wir auf ihrer Seite in den Krieg eintreten, und das hoffe ich stark, warum zum Teufel sollten wir sonst ihre Flugzeuge transportieren, und diesmal reagiert Vogels, er dreht sich nach mir um und schaut mich an, und ich kann die Landkarte seiner Gesichtsfalten erkennen, seine Stecknadelaugen, den Rotz an seiner Nase, es ist vorbei, Reclercq, sagt er, wichse ein letztes Mal und denk dabei an die Tochter des Milchmanns und ruhe in Frieden, aber ich lasse nicht locker und sage zu ihm, dass ich dem italienischen Comandante in Unterhose glaube, ja, ich glaube, dass er zurückkommen und uns holen wird, aber er zieht nur eine Augenbraue hoch, doch ich lasse mich nicht beirren, ich hab ihm in die Augen geschaut, sage ich, der ist nicht ganz bei Trost, und er antwortet, das kannst du laut sagen, und inzwischen ist es Mittag geworden oder vielleicht auch nicht, vielleicht ist es noch früh am Morgen oder schon Nachmittag, ich weiß es nicht, man sieht die Sonne nicht, alles ist grau, Meer und Himmel sind ein einziger bleifarbener Block, es ist eiskalt, und meine Haut ist salzverkrustet, und ich erfinde etwas anderes, um nicht klein beizugeben, ich rufe sie mit Namen auf, wie in der Schule, mit dem bisschen Stimme, das mir noch bleibt, um festzustellen, ob einer tot ist, um denen, die nicht tot sind, zu beweisen, dass sie noch leben, und um es auch mir zu beweisen: Hendry, Dost, Lammens, Van Der Brempt, Rits, Caudron, Heynen, Dessoleil, Mbamba, Van Wettern, aber erstens ist es ein unvollständiger Appell, weil ich mich nicht an alle Namen erinnere, und dann antwortet mir auch fast niemand, woraus ich schließen müsste, dass sie fast alle tot sind, aber nein, sie leben, ich sehe sie, sie sind hier, vor mir, zusammengedrängt wie die Pinguine, sie hören mir bloß nicht zu, ja, sie hören mich nicht einmal. Dost wirft die letzte leere Keksschachtel ins Meer, der alte Van Der Brempt hat kein Wasser mehr in seiner Feldflasche, Hendry bekreuzigt sich und betet, Rits hat sich vollgepisst, man kann es riechen, nur Lammens und Mbamba spielen mit und antworten mit »hier«, nur diese beiden, und dann reagieren die nicht, die in das andere Rettungsboot gestiegen sind, wer weiß, was mit denen passiert ist, eine Büchse Kondensmilch, die langsam im Ozean versinkt, man kann sich jetzt so gut vorstellen, dass sie auf diese Weise geendet sind und dass auch wir so enden werden, es ist so unvermeidlich …

28

POMA

Meine Sturmhaube kratzt mich auf der Haut, und ich setz sie nie
auf, aber jetzt bin ich der Einzige, der sie aufhat. Jeder weiß,
warum: weil ich hier an Deck steh und Leutnant Stiepovich tot
ist, eingewickelt in die Flagge. Er ist an meiner Stelle gestorben.
Der Comandante weiß, wie ich mich fühl. Als ich ihn gefragt
hab, ob ich und der Geschützmaat die Leiche dem Meer überge-
ben dürfen, hat er nicht gesagt, nein, Poma, du hast eine kaputte
Hand: Er hat ja gesagt und mich umarmt, so wie er auch den
Leutnant umarmt hat. Und so spricht nun der Comandante bei
der Zeremonie.

»Für U-Boot-Fahrer gibt es keine Grabsteine oder Kreuze.
Den Marineleutnant Danilo Stiepovich, Italiener, der den Heldentod starb, betrauern wir aufrichtig und widmen ihm ein
Kreuz aus Koralle. So eine Koralle, wie sie ein anderer Held gerne
fischte, der Bordmechaniker Vincenzo Stumpo, Korallenfischer
aus Torre del Greco, den wir ebenfalls tief bewegt betrauern.«

Der Comandante nimmt Haltung an und grüßt militärisch,
und wir auch. In der Stille hört man bloß das Meer, es um-
rauscht uns die Ohren, und ich und der Geschützführer hieven
den in die Trikolore gewickelten Leichnam hoch und halten ihn
in die Höhe, wie eine Opfergabe für unseren Herrn Jesus Christus. Mir fehlt es nicht an Kraft dazu, aber meine kaputte Hand
tut schrecklich weh, und das ist mir grad recht, damit ich heulen
kann, wie es mir passt.

Und jetzt ist der Zweite Offizier dran, der frömmste Mann

von der ganzen Besatzung außer mir, und er liest das *Gebet des Matrosen* vor, »verfasst von Antonio Fogazzaro«, sagt er, von dem hab ich noch nie gehört, ich bin ja bloß bis zur fünften Klasse gegangen, aber er ist ein berühmter Dichter.

»Zu Dir, o großer ewiger Gott, Herr des Himmels und der tiefen See, dem Winde und Wellen gehorchen, erheben wir, Männer der See und des Krieges, Offiziere und Matrosen Italiens, von diesem heiligen bewaffneten Schiff des Vaterlandes unsere Herzen. Rette und erhalte in Deinem Glauben, o großer Gott, unser Volk. Gib unserer Flagge Ruhm und Macht, befiehl dem Sturm und den Wogen, ihr zu dienen; versetze den Feind in Angst und Schrecken vor ihr; mach, dass Männer aus Stahl sie immerdar verteidigen, Männer, die stärker als der Stahl, der dieses Schiff umgürtet, und verleihe ihr für immer den Sieg. Segne, o Herr, unsere ferne Heimat, unsere Lieben. Segne bei Einbruch der Nacht die Ruhe des Volkes, segne uns, die wir für unser Volk bewaffnet auf See Wache halten. Segne uns!«

Ich und der Geschützführer lassen den Leichnam von Leutnant Stiepovich langsam ins Meer rutschen. Langsam heißt aber auch, dass meine Hand noch mehr weh tut, obwohl das jeder weiß, weil ich unter meiner Sturmhaube Wasser und Rotz heule.

Giggino, der Koch, unterbricht die Zeremonie und schmeißt die Geige von Leutnant Stiepovich hinterher.

Der Leichnam versinkt ganz schnell und wird vom Meer verschluckt. Die Geige braucht länger, bis sie verschwindet, weil sie erst mit Wasser volllaufen muss. Oben auf den Wellen schwimmt nur ein Stecken, der mit dem Rosshaar, ich weiß nicht, wie der richtig heißt.

RECLERCQ

… aber nein, so werden wir nicht enden, denn die Stille des
Ozeans wird von einem immer lauteren Dröhnen in Luv durch-
brochen, und da taucht die schwarze Nase des italienischen
U-Boots auf, das von Steuerbord auf uns zukommt, und der
Krach der Motoren wird ohrenbetäubend, doch dann lässt er
nach, und das U-Boot kommt längsseits, und die italienischen
Seeleute werfen uns Leinen zu, und vor ihnen steht dieser Co-
mandante am Bug mit dem Megafon in der Hand.

»Leutnant Reclercq«, spricht er mich an, »bitte übersetzen
Sie für Ihre Landsleute«, und ich stehe auf. »Die Schiffbrüchigen vom zweiten Rettungsboot wurden heute Nacht von einem Dampfer aufgenommen, der unter der Flagge von Panama
fährt«, sagt er, und ich übersetze, »es gibt keine anderen Schiffe
in der Umgebung«, sagt er, und ich übersetze, »macht die Leinen
am Rettungsboot fest, wir schleppen euch bis nach Santa Maria
auf den Azoren, haltet durch, und alles wird gutgehen«, sagt
er, und ich übersetze, und meine Kameraden jubeln, ungläubig,
beflügelt von der Aussicht zu überleben, und machen die Leinen an den Pollern des Rettungsboots fest. In dreißig Sekunden
hat uns dieser Mann mehr Hoffnung gemacht als unser eigener
Kommandant in zwölf Stunden, er hatte gesagt, er kommt zurück, und er ist zurückgekommen, mitten auf dem Atlantik,
und das U-Boot legt wieder ab, fährt über Wasser mit uns im
Schlepptau, die raue See setzt uns heftig zu, dem U-Boot und
unserem Rettungsboot, aber das U-Boot hält sich gut, während

unser Kahn immer wieder auseinanderzubrechen droht, wir schlucken Salzwasser, husten und lenzen, aber wir leben noch, und eine neue Nacht bricht herein, blauschwarz, kalt, fahl.

Plötzlich bricht ein Poller, ermüdet vom stundenlangen Schleppen, fällt ab, und die Leine peitscht Heynen ins Gesicht und fliegt ins Meer, Vogels und ich sehen uns an, weil wir wissen, was jetzt gleich passiert, und tatsächlich brechen nach wenigen Sekunden die anderen Poller alle auf einmal wegen der Überbeanspruchung ab, weitere Leinen peitschen uns ins Gesicht, klatschen aufs Wasser, wir fangen an zu schreien, aber unsere Schreie hören nur wir, das U-Boot entfernt sich dröhnend, ist schon weit weg, das Motorengeräusch wird leiser, das Boot ist schon außer Sicht, und wir schauen uns an, hilflos, hoffen auf eine Offenbarung, ein Wunder, und Caudrons durchbohrt mich mit einem finsteren Blick.

»Machen wir es wie die Poller«, sagt er zynisch, »wenn der Erste von uns verreckt, krepieren wir alle auf einmal«, sagt er zu mir, als wäre es meine Schuld.

Die Zeit vergeht, viel Zeit, zu viel, und Vogels sieht mich an, er hat seit Stunden kein Wort mehr gesprochen, aber jetzt sagt er zu mir: »Glaubst du immer noch an diesen Italiener in Unterwäsche«, fragt er mich, auch er aggressiv, als ob es meine Schuld wäre, aber glauben ist keine Schuld, daher antworte ich, »ja, ich habe ihm in die Augen gesehen, und ich glaube ihm, glauben ist keine Schuld«, es ist ein Gebet, ein erhörtes Gebet, denn das Geräusch kehrt zurück, seht doch, das U-Boot kommt zurück, Rettung naht, und wenn es vorher meine Schuld war, dann ist es jetzt mein Verdienst, hier kommt es längsseits, hier wirft es weitere Leinen herüber, da die Poller weg sind, binden wir sie an die Sitze, an den Heckspind, an die Dollen, und wir fahren dem U-Boot hinterher, Caudron weicht jetzt meinem Blick aus, und Vogels schweigt, aber das Rettungsboot hat Schlagseite, ist schlecht vertäut, es nimmt Wasser auf, neigt sich zur Seite, und wieder dämmert es, und wieder wird es Tag, und wie viel Zeit vergangen ist, weiß kein Mensch, und das gequälte Holz ächzt bei jeder Welle, heult bei jedem Ruck der Leinen, das arme ermüdete Holz, das es nicht mehr schafft, uns zu retten, bricht plötzlich zusammen, es zerschellt nicht, sondern es löst sich auf und zerfällt in Stücke, und diese landen mit den Seilen im Wasser, und die Italiener entfernen sich, verschwinden wieder im Nebel, und wir sind wieder allein mitten auf dem Ozean, und dann gibt es keine Hoffnung mehr, die Italiener können uns nicht an Bord nehmen, und wir können nicht mehr weiter, aus und vorbei, wir haben uns gewehrt, wir haben geglaubt, aber es ist vorbei, keiner hat mehr die Kraft zu kämpfen, zu reagieren, auch ich nicht, wir sind Salzsäulen, wir sind Seelen im Fegefeuer, dieser Abgrund aus Wasser kennt uns jetzt, und er ruft uns beim Namen, jetzt kommt der Appell, Hendry, Dost, Lammens, Van Der Brempt, Rits, Vogels, Reclercq, und alle antworten »hier!«, mit brechender Stimme, mit versagendem Atem, wir haben uns gewehrt, aber jetzt müssen wir aufgeben, jetzt wünschen wir uns sogar den Tod, denn er wird eine Erlösung sein, wir werden die Augen schließen, und unser Leiden wird ein Ende haben, und wir werden hier sterben, ohne zu wissen, wo, ohne Grab, ohne Grabstein, und unsere armen Knochen werden von den Fischen angenagt werden, und wir werden nicht zu Staub, wie es geschrieben steht, wir lösen uns auf, wie dieses Holz …

Aber nein.

Inmitten der Wellen, die uns fast schon verschlungen haben, taucht wieder die Schnauze des italienischen U-Boots auf, mit seinem Kapitän aufrecht an Deck. Dieser Titan hat beschlossen, uns mit an Bord zu nehmen. Das war sein Versprechen, er hat es gehalten. Sein Boot sieht aus wie eine Nadel, wo soll er uns da unterbringen?

TODARO

Achtung, hier spricht der Kapitän. Alle herhören. In diesem Augenblick spreche ich nicht zu Soldaten, sondern zu Männern. Und zwar nicht zu irgendwelchen Männern, sondern zu Seemännern. Ich weiß, dass viele von euch darauf nicht vorbereitet sind: Wir beschießen aufgetaucht ein Schiff, riskieren unser Leben im Kampf gegen den Feind – das ist in Ordnung, wir haben uns mit dem Gedanken an ein solches Opfer zur Marine gemeldet, nicht wahr? Aber warum sollten wir uns gut sichtbar und ungeschützt Angriffen aus der Luft aussetzen, um fremde Menschen zu retten, die unter dem Deckmantel der Neutralität wahrscheinlich Kriegsmaterial für die Engländer an Bord hatten?

Und es geht nicht nur darum, sie zu retten, sondern auch darum, dass wir selbst Opfer bringen und bis an die Grenze unserer Belastbarkeit gehen, um sie an Land zu bringen. Ich bitte Leutnant Reclercq, dies zu übersetzen: Jedermann muss sich dessen bewusst sein.

Wir sind 310 Seemeilen von der Azoreninsel Santa Maria entfernt, dem nächstgelegenen sicheren Hafen, den wir ansteuern, um die Schiffbrüchigen anzulanden, wie es die Schifffahrtsregeln vorschreiben. Da wir überladen sind, können wir nicht schneller als sechs bis sieben Knoten fahren, was bedeutet, dass wir etwa 48 Stunden mit dieser Situation leben müssen. Eines möchte ich klarstellen: Die Schiffbrüchigen der *Kabalo* an Bord zu nehmen bedeutet einen Verstoß gegen die Regeln, die mir vorgegeben sind. Dessen bin ich mir völlig bewusst, und ich übernehme dafür die volle Verantwortung. Wenn nach unserer Rückkehr meine Entscheidungen nicht anerkannt werden, sollen sie mir das Kommando entziehen; aber hier und jetzt habe ich meine Entscheidung getroffen, und sie ist unwiderruflich. Wir versenken das feindliche Schiff, ohne Angst und ohne Gnade, aber den Menschen, den retten wir! Obergefreiter Magnifico, wenn du es schaffst, dich durch dieses Gedränge zu kämpfen, schenk bitte denen, die es am dringendsten brauchen, ein paar Schluck Kognak aus.

An diesen beiden Tagen machen wir es folgendermaßen: Die drei Verwundeten verbleiben in der Offiziersmesse, wo sie bereits untergebracht sind. Drei von uns werden sich um sie kümmern.

Ich werde meine Kajüte mit Kapitän Vogels teilen, und Hauptmann Fraternale wird mit Leutnant Reclercq ebenso verfahren.

Eine Gruppe wird in den Unteroffiziersquartieren untergebracht, eine zweite in den warmen Kojen, aber trotz unseres Entgegenkommens – ich hoffe, Sie übersetzen, Leutnant Reclercq – werden sich unsere Gäste am meisten nach der Decke strecken müssen.

Ein halbes Dutzend von ihnen kann, wenn auch sehr unbequem, im Tauwerklager unterkommen …

Drei – noch unbequemer – im Ersatzklo, das sowieso kaputt ist …

Fünf in der Kombüse, notgedrungen im Stehen.

Die Übrigen werden im Gefechtsturm bleiben, da es keinen anderen Platz gibt. Der Ort ist grässlich, und sogar bei Überwasserfahrt dringt dort Wasser ein.

Mit Unterstützung Kapitän Vogels' wird alle drei Stunden abgewechselt, damit die Belastung gleichmäßig verteilt wird. Es sollte jedem klar sein, dass dieses Boot im Falle eines feindlichen

Angriffs tauchen muss, um die gesamte Besatzung zu schützen. Sollte dieser Fall eintreten, gibt es für die Männer im Turm keine Chance auf Rettung.

Die Worte, mit denen ich diese Mitteilung schließen möchte, stammen nicht von mir, sondern vom japanischen Kaiser Mutsuhito.

Sie wurden 1904 zu Beginn des Russisch-Japanischen Krieges ausgesprochen: »Möge das Leben wie gewohnt weitergehen. Tue jeder seine Pflicht.«

Die Japaner haben diesen Krieg mit Leichtigkeit gewonnen. Das ist alles.

MARCON

17. Obtober 1940 | 12:00
280 Seemeilen vor Santa Maria, Azoren

Der Geruch hier drin hat sich verändert. Wir sind jetzt fünfundsiebzig. Es riecht nach Metzgerei, Salz, Schweiß. Dagegen ist
der Geruch von Motoröl viel weniger stark.

Vogels hat sich in Todaros Koje hingelegt, Reclercq in der
von Fraternale. Giggino und der Arme Bicienzo waschen das
Geschirr ab und können sich dabei in der überfüllten Kombüse
kaum bewegen.

Die Schlange vor dem einzigen Klo ist endlos.

Die armen Schweine, die im Turm zusammengepfercht sind,
werden durchnässt von der hochspritzenden Gischt.

Turnusmäßig werden die Plätze getauscht.

Das U-Boot durchpflügt die Wellen des Atlantiks unter einem bleiernen Himmel.

17. Oktober 1940 | 21:00
220 Seemeilen vor Santa Maria, Azoren

Giggino kocht, während es draußen wieder Nacht geworden ist.
Schwerer Seegang. Todaro hat die Ruhe weg. Gerade spricht er
mit Leutnant Reclercq. Ich kann alles durch das Schott mithören.

»Wie kommt's, dass Sie so gut Italienisch sprechen?«

»Ich habe einen Abschluss in Altphilologie, ich kann Altgriechisch, Lateinisch und Italienisch.«

»Sie können tatsächlich Altgriechisch?«

»Ich bin einer der sieben belgischen Spezialisten, ich brauche kein Wörterbuch zum Übersetzen.«

»Oh. Und wie sind Sie bei der Marine gelandet?«

»Das ist eine lange Geschichte …«

Einer der sieben belgischen Spezialisten: Was er wohl damit meint? Todaro bietet ihm eine Zigarette an, dann verschwinden sie.

18. Oktober 1940 | 1:15
190 Seemeilen vor Santa Maria, Azoren

Ich habe mich in die Koje zu den Unteroffizieren zurückgezogen. Letzte Nacht habe ich nicht geschlafen und auch den ganzen Tag nicht, ich war zu sehr in Sorge wegen unserer jungen Leute, sie waren verstört und unruhig. Todaro setzt eine geistige Offenheit bei ihnen voraus, die viele nicht haben. Den engen Lebensbereich mit den Feinden zu teilen, sie als Gleichberechtigte zu behandeln, ja, ihnen mit der Rücksicht zu begegnen, die Schiffbrüchigen gebührt. Darauf waren sie nicht gefasst, und ihre Nerven liegen blank, denn für sie sind das Feinde: Sie haben auf uns geschossen, haben Stiepovich auf dem Gewissen. Trotz Salvatores Ansprache über die Lautsprecher will vielen nicht in den Kopf, dass sie Opfer bringen sollen, um sie zu retten.

Vogels isst. Einer der Schiffbrüchigen übergibt sich. Die Warte-
schlange vor dem Klo ist ein Martyrium. Der Kognak ist aus.
Wohin man schaut, sind irgendwelche Körper. Nicht nur, dass
man Italiener und Belgier nicht mehr unterscheiden kann, man
kann auch nicht mehr sagen, wo der eine Körper beginnt und
ein anderer endet. Das Essgeschirr mit der Verpflegung geht von
Hand zu Hand. Die Grenze zwischen Tag und Nacht verschwindet. Die erschöpften Matrosen schlafen im Stehen, wie die Pferde, einer sitzt auf der kaputten Kloschüssel, die anderen lehnen
sich an ihre Kameraden. Die im Tauwerklager zusammenge-
pferchten Schiffbrüchigen schwitzen und schnappen nach Luft,
das ganze Boot ist erfüllt von einem üblen Geruch. Weiter geht
es in Überwasserfahrt, sichtbar, ungeschützt. Wir sind alle in
Alarmbereitschaft, der Ausguck, der den Himmel absucht, Minniti am Hydrophon, Schiassi am Funkgerät, wir alle haben nur
einen Gedanken: Wenn die Engländer uns sehen und wir nicht
tauchen, werden sie uns ohne lange zu fackeln versenken. Aber
tauchen können wir nicht, weil die Schiffbrüchigen im Turm
zusammengepfercht sind.

Todaro hockt im Yogasitz in der Kajüte, mit nacktem Oberkörper und glänzendem Stützkorsett, die Augen geschlossen.
Der Einzige, der gelassen wirkt, ist er.

CAUDRON

Ich fühle mich stark, auch jetzt noch, kühn und rebellisch. Überall um mich herum die Masse der völlig erschöpften Leiber. Italiener und Belgier, man kann sie nur voneinander unterscheiden, wenn sie etwas sagen. Aber diese Italiener hasse ich, ich hasse die Faschisten, und die Italiener sind Faschisten. Hier, in dieser kaputten Latrine, in die sie mich gesteckt haben, zwischen den Leibern eingepfercht, schlimmer als das Vieh, treffe ich auf ein vertrautes Augenpaar. Fragend und herausfordernd blicke ich Van Wettern an, auch er hasst die Faschisten bis aufs Blut, weil seine Frau Jüdin ist.

»Diese Faschistenschweine, diese Hurensöhne, denen geben wir, was sie verdienen«, sage ich zu ihm. Die Italiener verstehen das sowieso nicht, sie sind nur ein Stück Fleisch, es trifft auf keinerlei Resonanz.

Van Wettern ist größer als ich, er hat Hände wie Schaufeln. »Ich könnte diesen faschistischen Scheißkerlen das Genick brechen«, sagt er. »Sind alles degenerierte Schlappschwänze.«

»Söhne einer faschistischen Schlampe«, pflichte ich ihm bei, merke allerdings, dass diese Scheißkerle etwas verstehen, denn das Wort »Faschist« erkennt man in jeder Sprache.

Die beiden, die so dicht neben uns stehen, dass sie nicht mal begreifen, wo wir aufhören und wo sie anfangen, sehen sich ganz komisch an und werden langsam misstrauisch. Wir dürfen keine Zeit verlieren, wir müssen handeln. Ich stachle Van Wettern mit einem Schrei an: »Nach achtern, zum Generator!« Und ich stürze mich in diese Wand aus Leibern, ich kämpfe mich durch, durchbreche sie mit Kopfstößen. Darauf waren die Faschisten nicht gefasst, sie begreifen nicht, was vor sich geht, sie können nicht reagieren.

Van Wettern ist eine Maschine: Er schlägt Nasen ein, verdreht Hälse.

33

CESARI

Das kapiert man wirklich nicht. Ich kann's mir nicht erklären, vielleicht sind wir alle zu kaputt, aber diese beiden Dreckskerle haben es tatsächlich bis hierher geschafft. Niemand hat sich ihnen in den Weg gestellt. Und auch wir, ich, Negri, Felici, Zuccaro, wir haben lang gebraucht, um uns aufzuraffen, während sich die beiden Fremden wie die Verrückten auf den Generator gestürzt haben, Drähte rausgerissen haben, keine Ahnung, was sie damit machen wollten. Die Kabine, wo der Generator ist, ist proppenvoll. Er ist das Herz des U-Boots, wenn du da Mist baust, ein paar Handgriffe, säuft es ab und geht unter. Aber wir haben ja die Messer gehabt und haben sie ihnen vor die Nase gehalten, sie haben sich schier in die Hose gemacht und sind zur Salzsäule erstarrt. Aha, jetzt habt ihr Angst, ihr Hosenscheißer. Warum dankt ihr es uns nicht, dass wir euch das Leben gerettet haben? Wir sind zu viert, wir halten sie fest, sie wehren sich, aber wir sind bewaffnet. Wir haben sie untergekriegt, aber Zuccaro und Felici bluten aus der Nase. Ich bin verrückt, ja, ich bin aus Rimini, ich bin verrückt, jeder in Rimini kennt mich. Aber ich ruf nach den Offizieren, ich halt mich an die Vorschriften, ruf nach dem Comandante, so gehört sich's! Der kommt auch gleich, mit ihm der Obersteuermann, der Zweite Offizier und Mancini, unser Chef. Es sind noch andere Offiziere dabei, sieht aus wie eine Prozession, aber sie passen nicht alle in die Kabine. Der Schütze Mulargia quetscht sich noch rein, das geht, er ist klein. Felici und ich halten den beiden Arschlöchern das Messer an die Kehle, Negri und Zuccaro drücken sie gegen den Generator. Jetzt machen sie keinen Mucks mehr, ist auch besser so, sonst stech ich sie ab, auch wenn der Comandante dabei ist, das ist mir scheißegal. Der eine, der mit dem Bürstenschnitt, schaut den Comandante an und schreit irgend so was wie »Faschist«. Ich denk, jetzt reißt der Comandante ihm den Arsch auf, aber er beachtet ihn gar nicht und fragt mich: »Haben sie ernsthaften Schaden angerichtet?« Ich antworte ihm, dass sie einen Haufen Drähte rausgerissen haben, aber wie groß der Schaden ist, weiß ich noch nicht. Der Comandante nickt, eine geballte Faust in der anderen Hand, und rammt einem der beiden Arschlöcher den Ellbogen in den Bauch. Schütze Mulargia, das Messer in der Hand, ist der Erste, der fragt, was wir alle wissen wollen: »Was meinen Sie, Herr Kapitän, sollen wir sie ins Meer schmeißen.« Der Comandante hebt die Hand, als ob er sagen will, lasst gut sein! Nein! Er hat sie bloß verhauen wollen.

34

TODARO

Liebste Rina, heute hatte ich Mitleid. Nach Stumpo und Stiepovich wollte ich nicht noch mehr Männer verlieren, deshalb habe ich die beiden rebellischen Fanatiker nach alter Väter Sitte bestraft und nicht so, wie es bei Meuterei Vorschrift ist. Dem einen verpasste ich eine solche Ohrfeige, dass er zu Boden ging, dem anderen, größeren, schlug ich mit dem Handrücken ins Gesicht, aber der blieb stehen. Egal, wie stark ich zugeschlagen habe, es war immer noch harmlos im Vergleich zu dem, was sie verdient hätten.

Ich wusste, liebste Rina, dass Teile der Besatzung meine Entscheidung, die Schiffbrüchigen zu retten, nicht gutheißen, dass sie sie nicht leiden können, ja geradezu verabscheuen: Ich hätte das Vertrauen aller zurückgewinnen können, wenn ich die beiden undankbaren Gesellen dem Meer zurückgegeben hätte, aus dem wir sie gerettet hatten, aber ich verpasste die Gelegenheit. Doch ich habe in ihre Augen gesehen, liebste Rina, und in diesen Augen brannte der Schmerz des Wahnsinns. Ich hatte Mitleid mit ihnen.

Ich ließ die beiden Offiziere der *Kabalo* holen und sorgte dafür, dass der Jüngere für den anderen und die übrigen Belgier übersetzte, die dicht an dicht mit meinen Männern zusammenstanden. Und befahl allen, Italienern wie Belgiern, diesen beiden Schuften, die unser aller Leben aufs Spiel gesetzt hatten, eine Ohrfeige zu verpassen. Aber wir werfen sie nicht ins Meer, sagte ich, dafür bestrafen wir sie mit Ohrfeigen, nach alter Väter

Sitte. So viele Ohrfeigen, sagte ich, dass die Erinnerung an den Schiffbruch im Vergleich dazu harmlos ausfällt. Aber wie viel Nachdruck ich auch in meine Worte legen mochte, liebste Rina, es war Mitleid, was ich empfand, und Mitleid blieb es, und meine Krieger verstanden das sofort. Diejenigen, die unzufrieden waren, blieben auch weiterhin unzufrieden.

Hier geht es jedoch um die Worte. Danach kommt die Tat, meine liebste Rina, und durch die Tat hoffe ich, ihr Vertrauen ein wenig zurückgewonnen zu haben.

Als Erstes wandte ich mich an den Kapitän der *Kabalo*. Ein wortkarger und ruppiger Mann, genauso, wie man sich einen belgischen Frachtschiffskapitän vorstellt: ganz im Gegensatz zu seinem Stellvertreter, einem freundlichen, gebildeten und gesprächigen jungen Mann. Ich wandte mich also zuerst an den Kapitän, er heißt Vogels und war mir eine große Hilfe, denn er zeigte kein bisschen Mitgefühl für seine Männer. Ohne zu zögern ging er auf den ersten zu und langte ihm eine, die sich gewaschen hatte. Gleich darauf verpasste er auch dem anderen eine, aber dann wieder dem ersten und erneut dem zweiten, und er, sonst so wortkarg, knurrte wutentbrannt etwas auf Flämisch. Der junge Leutnant übersetzte mir seine Worte: »Drei Mal!«, schrie er. »Drei Mal sind diese Männer gekommen, um uns zu retten! Drei Mal!« Es sah aus, als hätte er die Beherrschung verloren, aber nachdem er den beiden zum dritten Mal eine geschmiert hatte, trat er zur Seite, um den anderen Platz zu machen.

Eine nach der anderen, wie bei einem Ritual, hagelten die Ohrfeigen auf diese Gesichter, die immer mehr anschwollen, mit ihrem Blut büßten die beiden Kerle für ihr schändliches Verhalten. Und es war tatsächlich ein Ritual, Rina, denn dieses Blut war mein Mitgefühl, aber dadurch, dass alle dazu beitrugen, es zu vergießen, wurde es zum Mitgefühl aller. Der unmenschliche

Akt, der nicht ausgeführt worden war, als es sich um einen militärischen Befehl handelte, wurde also auch dann nicht ausgeführt, als die beiden Lumpen es verdient hätten.

35

MARCON

18. Oktober 1940 | 8:30
150 Seemeilen vor Santa Maria, Azoren

Todaro macht Eintragungen ins Logbuch. Ich stehe neben ihm in seiner Kajüte. Sein Bericht ist knapp, den Meutereiversuch erwähnt er mit keinem Wort. Zum ersten Mal seit zwei Tagen sind wir allein. Die Tür ist geschlossen, die uns von dem Gewimmel draußen trennt. Ich nutze die Gelegenheit, um mit ihm zu sprechen, denn ich mache mir Sorgen, aber ich tue es im Dialekt, weil sich draußen vor dem Schott Leute drängen, und durch diese Stahlplatten hört man jedes Wort. »Das Wichtigste hast du nicht notiert, Salvatór«, sage ich zu ihm. »Tu Gutes und vergiss es«, antwortet er auf Italienisch. »Ja schon, aber die Männer sind aufgebracht«, erwidere ich. »Sie bringen große Opfer, und diese Arschlöcher versuchen, sie umzubringen.« Todaro blickt vom Logbuch auf und sieht mich an. »Nicht alle, Vittorio, zwei Arschlöcher, zwei bescheuerte Psychopathen. Du hast doch auch gesehen, wie hart ihr Kapitän zugeschlagen hat. Und du hast gesehen, wie wir sie mit ihren geschwollenen Gesichtern in den Turm verfrachtet haben, mit welcher Verachtung ihre Kameraden sie ansahen, die sie vorbeiließen.«

Er spricht weiter auf Italienisch, weil er offensichtlich nicht befürchtet, jemand könnte uns von außen hören, vielleicht hofft er es sogar. Ich hingegen spreche weiter auf Venezianisch. »Du willst also mit diesem Wahnsinn weitermachen, nach allem, was passiert ist?« »Ja«, antwortet er klipp und klar, »ich will die Schiffbrüchigen im nächstgelegenen sicheren Hafen an Land setzen.« Er spricht so seelenruhig wie immer, als ob er nicht wüsste, was das Problem ist, oder als stellte es sich ihm gar nicht. »Und wenn wir auf die Engländer stoßen? Wenn sie direkt vor uns sind, willst du dann weiter aufgetaucht fahren?« »Ja. Wenn wir tauchen, ersaufen sie im Turm wie die Ratten, und wir verwandeln das Boot in einen Friedhof.« »Aber wenn wir nicht tauchen, werden sie uns versenken.« »Das werden sie nicht.« Er ist nicht umzustimmen; in aller Ruhe streckt er die Hand aus und streicht über die Narben in meinem verwüsteten Gesicht. »Vertrau mir«, sagt er. Ich benutze den Dialekt aus Vorsicht, er zeigt mir dadurch seine Zuneigung: Das ist der Unterschied. Dann hebt er die Hand, damit ich still bin, macht zwei lautlose Schritte zur Kajütentür, reißt sie ruckartig auf. Hinter der Schwelle steht der Schütze Mulargia, Salvatore hat ihn beim Lauschen ertappt. Er schaut seltsam drein, verlegen. Todaro nimmt keine Notiz davon, er lächelt.

»Vertraut mir, alle miteinander«, sagt er zu ihm.

36

MULARGIA

Ja, ich habe gelauscht, aber ich war aus einem bestimmten Grund hingegangen, nicht um zu lauschen. Bevor ich anklopfte, konnte ich nicht umhin, eine Minute zu warten, um zu hören, was der Comandante und der Obersteuermann, die ja eng miteinander befreundet sind, einander zu sagen hatten. Vielmehr, was der Comandante sagte, denn Marcon sprach Dialekt, und ich habe ihn nicht verstanden. Vielleicht waren es auch zwei Minuten, die ich mit dem Ohr an der Tür dastand, denn draußen herrschte ein solches Gedränge, dass niemand etwas merkte. Ich hatte aber nicht bedacht, dass der Comandante ja der Zauberer Bakù ist, und ich wurde wie ein dummer Junge ertappt. Der Comandante hat mich nicht geschimpft, und so habe ich mir ein Herz gefasst und getan, als wäre nichts. »Herr Kapitän«, sagte ich, »könnten Sie bitte einen Moment mit nach draußen kommen?« Mit »Du« kann ich ihn noch nicht anreden. Fällt mir ein, dass ich dieses Privileg ja habe, ist es immer zu spät, denn da habe ich ihn schon mit »Sie« angesprochen. Er fragte mich nichts, nickte nur, und wir gingen zusammen raus, ich vorneweg, er hinterdrein, so bahnten wir uns einen Weg durch die dichte Menge, die jeden Winkel der *Cappellini* verstopft. Wir stiegen also den Niedergang hoch ins Freie. Es war früh am Morgen und sehr kalt. »Und?«, fragte er mich. »Was gibt's?« Aus der Zentrale kam auch der Obersteuermann, und das war mir nicht recht. »Der Ausguck meldet britische Schiffe voraus«, sage ich. »Sicher, dass es Briten sind?«, fragt der Comandante, »hast du sie gesehen?« Nein, antworte ich, ich habe sie nicht gesehen, ich soll es nur melden, und ich wollte es unauffällig tun, weil ich hätte da einen Vorschlag, den ich ihm gern unterbreiten – Aber der Comandante hört mir gar nicht mehr zu, er ist bereits auf dem Sprung, tritt gerade auf die Turmplattform, die von Schiffbrüchigen, den beiden Wachposten plus Morandi und Siragusa komplett belegt ist. Ihm auf den Fersen zu bleiben ist ein echtes Problem. Der Obersteuermann gibt auf, aber ich schaffe es, mich durchzuzwängen, vorbei an den geschwollenen Gesichtern der beiden Meuterer, die wir verprügelt haben. Weil wir ihnen das Leben gerettet haben, kann man sich hier nicht mehr aufhalten.

Der Comandante steht neben Morandi. Durch den Sehschlitz zeigt ihm der Posten einen Punkt am Horizont, den ich nicht erkennen kann. Der Comandante schaut durchs Glas. »Es sind Briten, nicht wahr?«, fragt Morandi. In diesem Augenblick kommt Geschützfeuer von einem der Schiffe. Es ist noch weit entfernt, und der Schuss fällt auf halbem Weg ins Wasser.

»Es sind Briten«, bestätigt der Comandante und verschwindet. Wieder müssen wir dicht an den beiden Rebellen mit ihren rotz- und schweißverkrusteten blutigen Gesichtern vorbei, müssen ihren gedemütigten Blick aushalten. Als wir draußen auf der Brücke sind, ist der Obersteuermann nicht mehr da. Kurz entschlossen fasse ich den Comandante an der Schulter und verstelle ihm den Weg, um ihm meine Idee vorzutragen. Es ist nicht der ideale Zeitpunkt, das ist mir klar, aber ein zweiter, immer noch zu kurzer Granateinschlag zeigt, dass ich mir den Zeitpunkt nicht aussuchen kann. »Herr Kapitän, hören Sie«, sage ich, »wenn die Belgier im Geschützturm alle umkommen würden, wäre das Problem erledigt, stimmt's? Wir könnten tauchen.« Er sieht mich seltsam an, hat nicht verstanden. »Tote können nicht ertrinken«, füge ich hinzu und mache zur Verdeutlichung mit dem Daumen die Geste, wie wenn man einem die Kehle durchschneidet.

Das war ein Fehler.

Er schaut mich entsetzt an. So hätte ich es ihm nicht sagen sollen, ich Idiot. Ich hätte es ihm erklären sollen, vorsichtig, anschaulich. Ich hätte ihm begreiflich machen sollen, dass mein Vorschlag gar nicht so brutal ist, wie er sich anhört, auf jeden Fall viel weniger brutal, als wenn ein U-Boot mit fünfundsiebzig Mann an Bord mit einer Granatensalve versenkt wird. Aber ich hatte einfach Angst, ich habe es so gesagt, dass es sich auch für mich schrecklich anhörte, und er antwortet mir nicht einmal, er dreht sich um und verschwindet in der Zentrale. Trotzdem, es gibt es keinen anderen Ausweg …

MARCON

18. Oktober 1940 | 9:40

Da taucht Todaro wieder im Fahrstand auf. Inzwischen wissen wir alle, dass wir es mit einem englischen Geleitzug zu tun haben. Das Geschützfeuer ist deutlich zu hören, aber Todaro ist ganz ruhig. Es kommt auch Mulargia, der ihm seit einer Weile an den Fersen klebt, als wäre er sein Bursche. Fraternale ist ratlos wie wir alle, aber er ist der Zweite Offizier, er muss jetzt etwas sagen. Er fasst sich ein Herz und sagt: »Wir müssen tauchen, Herr Kapitän.« Doch Todaro beachtet ihn nicht und gibt dem Steuermann den Befehl, die Geschwindigkeit auf drei Knoten zu drosseln. Fraternale will es noch einmal versuchen: »Um Gottes willen, Herr Kapitän, geben Sie Befehl zu tauchen.« Aber er ist nicht einmal imstande, Todaros Blick auszuhalten. »Nein«, antwortet Todaro kategorisch. »Warten wir's ab.« Dann schaut Fraternale mich an. Die anderen Offiziere, Gabrielli, Bursich, Pace, Lesen, sehen mich ebenfalls an. In Anbetracht ihres Dienstgrads sollte dieser Blick ein Befehl sein, aber mit Befehlen kenne ich mich aus, ich habe Millionen Befehle erhalten, und dies sind keine – es sind Bitten oder vielmehr flehentliche Bitten: Marcon, sag du es ihm, du bist doch zusammen mit ihm verwundet worden (das glauben alle hier drinnen, auch wenn es nicht stimmt), du bist doch sein Freund, du gehst doch in seiner Kajüte ein und aus und sprichst mit ihm in einem Dialekt, von dem wir kein Wort verstehen, sag du es ihm, Marcon, wir flehen dich an, wir wollen nicht sterben. Aber ihr braucht mich gar nicht anzuflehen, ich will auch nicht sterben. »Worauf warten wir?«, protestiere ich. »Dass wir in Schussweite kommen? Dass die Briten uns eine Bombe vor den Latz knallen? Wir müssen diese Leute loswerden, Salvatór! Sie haben versucht, das Boot zu versenken. Wir haben sie gerettet, und sie wollten uns umbringen!«

Todaro ist zwar von meinem leidenschaftlichen Appell beeindruckt, weil ich ihm die Stirn bieten will und er das auch versteht, doch das führt bei ihm zu keinem Sinneswandel. »Nein. Wir melden den Briten, dass wir Schiffbrüchige an Bord haben. Sie werden uns passieren lassen.« Damit verlässt er den Fahrstand und bahnt sich einen Weg durch die Menschenansammlung gleich hinter der Tür. Noch immer ist er ruhig und beherrscht. Ich gehe ihm nach und rede auf ihn ein: »Aber sie werden uns nicht glauben, Salvatór!«

»Doch, das werden sie.«

»Aber warum sollten sie?«

Im Funkraum bei Schiassi angekommen, bleibt er stehen und antwortet mir zuliebe im Dialekt: »Weil's die Wahrheit ist.«

»Nein, nein, das nehmen sie uns niemals ab!«, protestiere ich, »sie schießen uns in Grund und Boden!«

»Sie schießen, weil sie es nicht wissen. Jetzt werden sie es aber gleich erfahren.« Dann wendet er sich Schiassi zu: »Gib her.« Der Funker nimmt den Kopfhörer ab und reicht ihn dem Comandante zusammen mit dem Mikrofon. Ohne Umschweife fängt dieser an: »Hier spricht Comandante Salvatore Todaro vom U-Boot *Cappellini* von der Königlichen Italienischen Marine. An Bord haben wir –« Doch ich unterbreche ihn, ich traue mich, weil die Einschläge immer näher kommen und ich den Eindruck habe, dass Todaro verrückt geworden ist. »Was machst du da, warum sprichst du Italienisch?«, schreie ich. Dann deute ich auf Schiassi: »Lass *ihn* reden. Er kann wenigstens Englisch!«

Aber Todaro ist gar nicht verrückt geworden, sondern wir anderen sind es, alle miteinander, die vor Angst verrückt werden. Er nicht, er ist immer noch die Ruhe selbst, hat die Geduld und den Anstand, mir zu antworten, anstatt mich unter Arrest zu stellen. »Sie verstehen sehr wohl Italienisch, Vittorio. Wir müssten schon die Sarden reden lassen, damit sie uns nicht verstehen!«

Und genau in dem Augenblick, als Todaro die Funksprüche in sardischer Sprache erwähnt, merke ich, dass Mulargia uns auch hierher gefolgt ist. Da steht er neben uns mit seinem weißen Kopfverband, er sieht mich an und lächelt, wer weiß, warum, denn die englischen Granaten kommen immer näher und werden demnächst bei uns einschlagen. Todaro hat wieder das Mikrofon zur Hand genommen und spricht über Funk:

»Hier spricht Comandante Salvatore Todaro vom U-Boot *Cappellini* von der Königlichen Italienischen Marine. An Bord haben wir sechsundzwanzig Schiffbrüchige des Frachters *Kabalo*, den wir vor drei Tagen auf Position 31°80' Nord 31°36' West versenkt haben. Wir bitten um Feuereinstellung, um die Schiffbrüchigen auf der Azoreninsel Santa Maria ausbooten zu können, wo wir voraussichtlich –«

Diesmal unterbricht ihn Mulargia, immer noch mit diesem albernen Lächeln im Gesicht, das so gar nicht zu der momentanen Aufregung passt. »Herr Kapitän, keine Sorge«, sagt er. »Ich regle das.« Schlagartig wirkt Todaro alarmiert, als der Schütze wie eine Ratte davonhuscht und im Gedränge verschwindet. Todaro schreit ihm nach: »Wohin, Mulargia?« Keine Antwort. »Verdammt nochmal!«, flucht er. »Alle Maschinen stopp!«, und er sprintet unter den erstaunten Blicken aller dem Schützen hinterher, während sein Befehl bis zum Chefmaschinisten durchgegeben wird und die Motoren der *Cappellini* verstummen.

38

MULARGIA

Mit dem Dolch zwischen den Zähnen wie Kammamuri klettere ich auf dem Niedergang nach draußen. Das schaffe ich, ich bin wendig, muss so schnell sein wie möglich. Wie aus einem Trichter verfolgt mich von unten die Stimme des Comandante: »Mulargia! Himmelherrgott nochmal!«

Ich trete ins Freie, stelle fest, dass der Seegang noch rauer geworden und das Deck klatschnass ist. Ich rutsche aus, falle und schlage mir das Knie auf, spüre einen stechenden Schmerz, bleibe ein paar Sekunden liegen, und als ich mich aufrappeln will, packt mich eine Hand am Stiefel und zieht mich zurück.

»Mulargia, stopp.«

Trotz des Brustpanzers, in den er eingezwängt ist, hat mich der Comandante eingeholt und zieht mich auf dem von Brechern überrollten Deck zu sich heran. Die *Cappellini* macht jetzt keine Fahrt mehr, sie wird von der schweren See hin- und hergeworfen, sie rollt, giert, schlingert. In der Ferne die Mündungsfeuer der Kanonen, nahe, ganz nahe dagegen die Wassersäulen, als Granaten vor unserem Bug einschlagen. Ich tue so, als würde ich mich gegen den Körper wehren, der mich zu Boden drückt, aber in Wirklichkeit habe ich bereits aufgegeben. Wäre derjenige, den ich neben mir habe, ein Feind, so würde ich ihm meinen Dolch in die Rippen stoßen, aber es ist ja mein Comandante, er ist es, der mir vor dem Ablegen den Dolch gegeben hat, und ich lasse ihn aufs Deck fallen.

»Was hast du denn vor, Mulargia?«, fragt er mich. Seine Stimme ist ruhig, väterlich. Er ist nicht böse auf mich. »Also, was willst du?«

»Ich hab bloß helfen wollen, Herr Kapitän«, antworte ich. »Ich versteh Sie, Sie können das nicht machen, ich aber schon. Und ich weiß auch, wie das geht, ich weiß, wo man schneiden muss, damit sie nicht leiden. Ich versteh was davon …«

Die Granateinschläge kommen immer näher. Der Comandante scheint mich jetzt zu umarmen, mehr um mich zu beschützen, als um mich festzuhalten. Mit leiser Stimme spreche ich weiter, als ob ich beten würde. »… so hätten wenigstens wir überleben können. Sie hätten überleben können, Herr Kapitän, Sie haben Familie und hätten ein reines Gewissen gehabt …«

Vor dem bleiernen Himmel zeichnen sich nun Gesichter ab: Marcon, Cecchini, Leandri, Nucifero … Wenn der Comandante so langsam gewesen wäre wie sie, könnten wir jetzt tauchen.

»Mulargia«, fängt der Comandante an, »hast du es vergessen? Du hast von mir die Auszeichnung bekommen. Du darfst mich nicht siezen, du musst mich duzen.«

Im Kanonendonner ist seine Stimme kaum vernehmbar. Wir sind im Begriff zu sterben, aber er hält mich weiter fest in seinen Armen, auf dem nassen Deck, als wären wir zwei Kinder, die sich auf einer Wiese balgen und alle Zeit der Welt haben. »Wir werden weiterleben, wir alle«, sagt er und lockert dabei den Griff, mit dem er mich zu Boden drückt, »du musst nur deinem Comandante vertrauen.«

Explosionen, Wasserfontänen, Gischt: Während er spricht, verliert sich der Blick des Comandante in dieser Apokalypse. Es ist der Blick eines Mannes, der zum Sterben bereit ist.

»Komm mit mir wieder runter.«

Und ich komme. Vorher nicht, aber jetzt bin auch ich bereit.

39

KOMMANDEUR DES BRITISCHEN GELEITZUGS

… dieser Italiener, der mich auf Italienisch anspricht und mich mitten im Krieg bittet, sein Boot nicht zu beschießen, mich bittet, den Krieg zu unterbrechen, mir praktisch einen Waffenstillstand zwischen mir und sich vorschlägt, hier, mitten auf hoher See, allen Vorschriften zum Trotz, um, wie er sagt, irgendwelche sechsundzwanzig Seeleute zu retten, die weder die Unsrigen noch die Seinen und nicht einmal Soldaten sind, allerdings hatten sie zwei unserer Flugzeuge an Bord, das weiß ich, auch wenn sie unter neutraler Flagge fuhren, aber der Kriegseintritt Belgiens auf unserer Seite ist nur noch eine Frage von Tagen, also habe ich nicht einmal mehr die Ausrede, dass wir die Unterstützung durch die Belgier verheimlichen müssen, und wenn ich das Ansinnen nicht akzeptiere und ihn so lange beschieße, bis ich ihn versenkt habe, könnte er seine verdammten Torpedos auf uns abschießen und wer weiß wie viel Schaden an unseren Schiffen anrichten und wer weiß wie viele unserer Leute töten; aber wenn ich mitten im Krieg den Worten dieses Italieners glauben würde, der mich auf Italienisch anspricht, und wenn ich die Waffenruhe für vierundzwanzig Stunden annähme, um ihm, wie er sagt, die Zeit zu geben, die Schiffbrüchigen, wie er sie genannt hat, auf den Azoren anzulanden – er sprach nicht von Gefangenen oder Überlebenden, sondern wirklich von Schiffbrüchigen –, ich spreche gut Italienisch, ich lese Dante und Petrarca und Michelangelos »Flieht, ihr Liebenden, vor der

Liebe, flieht vor dem Feuer«, er nannte sie Schiffbrüchige, und Schiffbrüchige sind sakrosankt, und wenn ich die Waffenruhe annähme, die er mir vorschlägt, und ich ihn passieren ließe, und wenn auch ich diese sechsundzwanzig Leben, die er nicht opfern wollte, nicht opfern würde, würde ich es in Zukunft gewiss nicht bereuen, es sei denn, es wäre ein Trick, aber wenn er uns angreifen wollte, warum sollte er dann über Wasser fahren und sich als Ziel für unsere Geschütze anbieten. Da wäre es viel besser, er würde unten bleiben und unvermutet auftauchen und uns das gleiche Ende bereiten wie der *British Fame*, die vor etwa zwei Monaten im Atlantik versenkt wurde, oder wie der *Khartoum* im Roten Meer vor vier Monaten, die sind ein Albtraum für uns, diese U-Boote, die aus heiterem Himmel aufkreuzen, es wäre vollkommen sinnlos, wenn er aufgetaucht fahren und den Überraschungseffekt nicht nutzen würde. Und hier warten alle auf meinen Befehl, meine sauber rasierten Offiziere und mein Funker mit dem Kopfhörer um den Hals, und der Italiener da drüben wartet auch, er könnte zwar schießen, wir sind in Schussweite, aber er schießt nicht, nur ich schieße, er ist nicht im Krieg, er versucht nichts anderes, als diese Leben zu retten, das ist das Schönste, was ein Seemann tun kann, und dazu musste er mir vertrauen, das hat er auch getan, und jetzt muss ich ihm umgekehrt vertrauen, und deshalb vertraue ich ihm, verdammt nochmal, ich bin nicht mehr im Krieg, weil man Krieg nicht allein führen kann, ja, ich vertraue ihm und befehle, das Feuer einzustellen, und während mein Befehl durchgegeben wird und die Geschütze schweigen, fühle ich mich sicher, wie kommt es, dass man sich in einem Krieg sicher fühlen kann, ja, sicher, dass ich es nie bereuen werde, diesen Befehl erteilt zu haben, und ich befehle dem ganzen Geleitzug, sich zu verteilen, um diesen Verrückten, der mit mir in der Sprache der Verrückten spricht, durchzulassen und, jawohl, bei seiner Vorbeifahrt als Salut die

Sirenen heulen zu lassen, jawohl, denn heute bin auch ich verrückt, jawohl, und der Krieg macht eine Pause, jawohl, und sein
U-Boot ist sakrosankt, jawohl.

    Cease fire.

TODARO

Liebste Rina, heute ist ein Freudentag. Es gibt ein barbarisches Heldentum und ein anderes, angesichts dessen die Seele weint: Der siegreiche Soldat ist nie so groß, wie wenn er sich vor dem besiegten Soldaten verneigt. Heute sind wir und unsere Feinde gemeinsam gerettet worden.

GIGGINO

Der Comandante ist zusammen mit unserem Obersteuermann und dem Zweiten Offizier von den Belgiern in die Kombüse gekommen, das ist der junge Mann, der besser Italienisch spricht wie ich. Ich weiß nicht, wie sie's geschafft haben, aus dem Fahrstand bis zu mir zu kommen, wo doch die ganzen Leute überall gefeiert haben, nachdem die Engländer uns haben passieren lassen. Ich weiß auch nicht, wie sie's geschafft haben bis zu mir in die Kombüse, wir waren ja zusammengepfercht wie die Sardinen, jedenfalls waren sie auf einmal da. Ich war selber ganz aus dem Häuschen vor Freude, denn auch ich hab geglaubt, dass der Comandante uns bloß wegen dieser schönen Geste in den Tod führen würde, aber er hat Recht gehabt, ich hab mich fast mehr darüber gefreut, dass er sich nicht geirrt hat, als darüber, dass ich noch am Leben bin. Kurz und gut, da sind sie also dagestanden, und der Comandante hat den jungen Belgier gefragt, was das Beste ist, das es in seinem Land zu essen gibt. Der war wie vom Donner gerührt, mit so was hat er nicht gerechnet, so schnell ist ihm nichts eingefallen, und da hat ihn der Comandante noch einmal gefragt: »Also, was gibt's denn besonders Gutes in Belgien?«, und da sagt der Junge was ganz Komisches, damit hat keiner gerechnet. »Pomfritz«, hat er gesagt.

Wir Italiener, auch der Comandante, haben uns ausgeschüttet vor Lachen, »Pommes frites? Machen Sie Witze, Herr Leutnant?« Aber der Belgier hat gesagt, das ist ihr Nationalgericht, und sie hätten es erfunden. Der Comandante schaut zu mir rüber und fragt mich, ob ich was davon weiß, und ich sag, nein, Herr Kapitän, davon hab ich noch nie was gehört, und dabei denk ich an all die ganzen Kartoffelrezepte, die ich kenn, Kartoffel-Gattò, Kartoffelkroketten, Bratkartoffeln, Kartoffelkuchen, Kartoffeln alla schiscionera, Kartoffeln gebacken, gedünstet, geschmort, gestampft, Kartoffelpüree, Kartoffeln mit Parmesan, in Asche, al coppo, Lyoner Art, Kartoffelomelett, und bei Gebratenem fallen mir gebratene gefüllte Nudeln ein, gebratene Krapfen, gebratene Crescentine, gebratene Pfirsiche, gebratene Reisküchlein, gebratene Bombe, Knallerbsen, gebratenes Brot, gebratene Ricotta, Bratäpfel, gebratene wilde Artischocken, gebratener Fenchel, gebratener Grieß, gebratene Polenta, gebratene Schweineleber, gebratene Grütze, gebratene Bolognese, Fritto misto mit Meeresfrüchten, Brathuhn, Lammbraten, Kaninchenbraten, gebratene Koteletts, gebratenes Bries, gebratenes Hirn, gebratenes Rückenstück, gebratene Karotten, gebratene Zucchini, gebratene Zucchiniblüten, gebratene Pilze, Kroketten in allen Variationen, es gibt auch Kroketten nur aus Kartoffeln, aber das jetzt, die Pomfritz, das ist was ganz anderes, das ist eine Erfindung, und ich hab sofort begriffen, dass es sich um eine einfache und geniale Erfindung handelt, nämlich um die Grundlage der ganzen italienischen Küche, die hab ich mit so einer Leidenschaft studiert, und dass es uns Italienern nicht eingefallen ist, diese Erfindung zu machen, das ist eine Schande, ja dass es uns Neapolitanern nicht eingefallen ist, wo wir doch alles braten, was es gibt, das ist erst recht eine Schande. Es ist zu blöd, dass wir die Belgier haben machen lassen. Das wär, wie wenn wir vergessen hätten, die Pizza zu erfinden, und dann kommt ein Türke daher und sagt: »Ich hab die Pizza erfunden.« Ich hab immer noch nicht gewusst, wie man sie macht, aber mein Gaumen hat mir schon gesagt, dass diese Pomfritz ein Hochgenuss sind. Auch der Comandante hat begriffen, dass sie was ganz Besondres sind. Er hat beschlossen, dass wir sie unbedingt probieren müssten, und hat mich beauftragt, mit dem Belgier zu besprechen, wie ich sie zubereiten soll. Der hat mir erklärt, dass sie in Rinderfett gebraten werden, und ich hab ihm erklärt, dass Rinderfett bei uns Talg heißt, und dann hab ich ihm auch gesagt, dass wir keinen Talg verwenden, weil wir mit Schweinefett braten, und das heißt bei uns Schmalz. Dann hat mir der junge Kerl gezeigt, wie man die Kartoffeln schneidet, bevor man sie brät, und das war eine weitere Überraschung: Man schneidet sie in Stäbchen. Er hat mir erzählt, dass es in seinem Land überall in allen Küchen ein Gerät gibt, mit dem man die Kartoffeln stifteln kann, so wie es bei uns überall einen Kartoffelstampfer gibt, kurz und gut, ich und der Arme Bicienzo haben uns drangemacht, alle Kartoffeln in der Speisekammer zu schälen und zu stifteln, und alle haben uns zugeschaut, die Belgier, weil sie gewusst haben, was es zum Essen gibt, und die Italiener, weil sie keine Ahnung gehabt haben.

Mit dem Frittieren kenne ich mich aus, ich bin ein Meister im Panieren, aber das ist wirklich eine Erfindung, weil man die Kartoffelstäbchen so, wie sie sind, ins heiße Schmalz gibt, ohne Paniermehl oder Semmelbrösel, ganz ohne irgendwas. Wer brät denn bei uns so?

Hier sind mal Leute, die wirklich Mut haben, hab ich gedacht, wenn sie ein so simples Essen erfunden haben. Und es sind auch geniale Leute, hab ich gedacht, nachdem ich die Stäbchen probiert hab, wenn ihre Erfindung so toll schmeckt. Als wir dann diese Pomfritz aufgetischt haben, ist es auf der *Cappellini* plötzlich ganz still geworden, so wie es immer ist, wenn es was wirklich Gutes zu essen gibt; die Italiener haben gestaunt, und die Belgier haben sich wie daheim gefühlt.

Nicht nur, dass der Comandante Recht gehabt hat, auch im Krieg das Rechte zu tun, auch gegenüber dem Feind, sondern wir sind auch gleich belohnt worden, weil dieses kinderleichte und simple und tolle Gericht wäre zusammen mit den Belgiern langsam auf den Meeresgrund gesunken, wenn wir sie nicht gerettet hätten, denn der Obergefreite Giggino Magnifico hat sie ja nicht selber erfunden.

42

MARCON

18. Oktober 1940 | 16:00
85 Seemeilen vor Santa Maria, Azoren

Die kleine Spüle in der Küche ist voller Kartoffelschalen. Auf dem Tisch drei Stapel leerer Teller, Besteck und Gläser. Allen haben die Pommes frites geschmeckt, sie waren wirklich gut. Unglaublich, dass man bis auf den offenen Atlantik kommen muss, um etwas so Gutes und Einfaches zu entdecken. Die Belgier sehen jetzt schon viel munterer aus. Giggino, ganz beflügelt, nahm die Mandoline seines Vaters, die er stets zur Hand hat, und begann zu singen: »Stai luntano da stu core, a te volo cu 'o pensiero, niente voglio e niente spero che tu pienz' sulamente a me …« Du bist fern von diesem Herzen, in Gedanken fliege ich zu dir, ich möchte und hoffe nichts anderes, als dass du allein an mich denkst … Alle Italiener stimmen mit ein. Auch Todaro. Auch ich. »Oi vita, oi vita mia, oi core e chistu core, sì stato 'o primm' ammore, 'o primm 'e o'ultimo sarrai pe' meee …« O du mein Leben, mein Herzblatt, du warst meine erste Liebe, du bist meine erste und wirst meine letzte Liebe sein.

Ein junger belgischer Matrose, der aussieht wie ein Mädchen, sitzt regungslos in einer Ecke, er ist der Einzige, der sich nicht mitreißen lässt. Neben ihm sitzt der Gefreite Staderini und streichelt sein Knie.

Nachdem Todaro dem Kapitän Vogels seine eigene Koje für vier Stunden überlassen hat und so lange allen seinen Pflichten als Comandante ordnungsgemäß nachkam, kommt er endlich zur Ruhe. An der Schwelle zu seiner Kajüte sagt er zu mir: »Ich leg mich ein wenig hin. Weck mich in einer halben Stunde.« Ich bin verlegen, seit Stunden suche ich nach einer Gelegenheit, mich bei ihm zu entschuldigen. »Salvatór, ich muss dir was sagen …« Doch er unterbricht mich und streicht über meine Narben. »In Ordnung, in einer Stunde …«

Er geht rein und schließt die Kajütentür.

Er ist allein, niemand sieht ihn, aber mir ist, als würde ich ihn sehen. Er setzt sich auf die Pritsche, zieht seine Stiefel aus, dann das Hemd, dann kommt das stählerne Korsett zum Vorschein. Die Spuren, die das Ding auf seinem Brustkorb hinterlassen hat, sind immer deutlicher zu sehen. Erst jetzt, da keiner da ist, erlaubt sich Todaro eine Grimasse des Schmerzes, doch dann entspannt er sich und atmet tief durch. Sein Blick wandert zum Kopfende der Pritsche, wo das Morphiumfläschchen steht, und einen Augenblick lang scheint er zu überlegen, welche Erleichterung ihm eine Dosis davon verschaffen würde. Doch dann wendet er den Blick ab, zieht die Beine an, überkreuzt sie, richtet den Oberkörper auf und legt die Hände in den Schoß, sitzt da in Yogahaltung.

Er schließt die Augen …

Vor dem Bug der *Cappellini* kündigt ein rosafarbener Streifen die Morgendämmerung an, und zu unserer Linken zeichnet sich die dunkle Silhouette einer Insel mit hohen, zerklüfteten Hügeln ab. Es ist die Azoreninsel Santa Maria. Die See hat sich inzwischen beruhigt, nicht aber der Wind, der nach wie vor heftig weht. Das Boot steuert auf eine Bucht zu, die gut geschützt zu sein scheint; wie sie heißt, weiß ich nicht, ich war noch nie auf den Azoren. Todaro hat die Belgier aus dem Turm ins Freie holen und auf dem Achterdeck versammeln lassen, wo auch er zusammen mit dem Signalgast Barletta kerzengerade im Wind steht.

Vom Leuchtturm kommen Lichtmorsezeichen, die Barletta dechiffriert: »Herr Kapitän, sie wollen wissen, wer wir sind, unsere Nationalität und unser Ziel.«

»Der Leuchtturmwärter …«, sagt Todaro amüsiert.

»Ja, Herr Kapitän.«

Er raucht ganz ungeniert, wie wir alle inzwischen, ohne diese Fakirmethode, die uns Mulargia beigebracht hat.

»In Ordnung«, sagte Todaro und spurtet in Richtung Zentrale. Er öffnet das Luk, beugt sich hinunter und ruft: »Männer! Der Leuchtturmwärter will unbedingt wissen, wer wir sind. Was meint ihr, sollen wir ihm die Flagge zeigen?«

Aus der Zentrale ertönt ein Ruf: »Flaggeee!«

»Dann los!«, ruft Todaro. »Aber ein bisschen dalli!«

Und so gelingt Todaro trotz Überraschungen und Widrigkeiten auch der nächste Coup.

Während vom Leuchtturm weitere Anfragen gemorst werden, tauchen aus der Zentrale drei, vier, fünf Gestalten auf. Es sind Leandri, Bastino, Negri, Cecchini und Nucifero. Sie bringen ein schwarzes Tuch auf den Turm und hissen es am Fahnen-mast. Am sich aufklarenden Himmel beginnt die Flagge sofort zu flattern. Es ist das schwarze Banner der Piraten, das sich To-daro irgendwie beschafft und an Bord gebracht hat und das die Phantasie vieler Jungs beflügelt. Denn es sind ja junge Kerle, die zwar nicht seine, aber meine Söhne sein könnten. Immer mehr Gestalten kommen aus der Zentrale und versammeln sich am Bug. Ein Ruf erschallt: »Es lebe der König! Ein Hoch auf die Freibeuter!«

Todaro lächelt immer noch. Die *Cappellini* läuft in die Bucht ein.

43

RECLERCQ

Der Morgen dämmert herauf, klar und stürmisch. An Bord der Rettungsboote werden meine Kameraden in Vierergruppen am Strand ausgeschifft. Auf wackligen Füßen, verwundet, staunend, atmen sie endlich tief durch. Am Leben zu sein, und das in einer so schönen Umgebung, ist ein kaum fassbares, überwältigendes Geschenk. Allmählich entfernen sie sich, blicken noch ein letztes Mal zum U-Boot zurück, das sie bis hierher gebracht hat, und die italienischen Matrosen, die sich an Deck aufgestellt haben, schauen ihnen nach. Mancher grüßt sie zum Abschied. Vogels und ich sind die Letzten, die dem Comandante gegenüberstehen. Jetzt hat Vogels das Bedürfnis, etwas zu sagen, und bittet mich, für ihn zu übersetzen.

»Sagen Sie doch, wer sind Sie?«, fragt er.

Der italienische Comandante streicht sich über den Kinnbart und antwortet: »Ich bin Seemann. Wie Sie.«

Vogels schweigt einen Augenblick, dann sagt er noch etwas auf Flämisch, und ich schaue ihn entgeistert an und zögere, bevor ich das übersetze, bis er mich mit einer Kopfbewegung dazu auffordert: »Wir hatten englische Flugzeuge an Bord«, übersetze ich.

Der italienische Comandante zuckt mit keiner Wimper. »Das dachte ich mir«, antwortet er. Jetzt ist er der lakonische Typ, wohingegen sich Vogels' Zunge auf einmal löst.

»Wissen Sie«, fragt er, »dass ich Sie an Ihrer Stelle nicht an Bord genommen hätte?«

Darauf der Comandante: »Es ist Krieg.«

»Warum haben Sie uns gerettet?«

Der Mann, dem wir unser Leben verdanken, deutet ein Lächeln an, eine kaum merkliche Veränderung in seiner Kämpfermaske.

»Weil wir Italiener sind«, ist die Antwort.

Vogels drückt ihm die Hand, dann spricht er weiter. Ich glaube, er hat in seinem ganzen Leben noch nie so viel auf einmal geredet: »Ich habe vier Kinder. Sagen Sie mir wenigstens Ihren Namen, damit die Kinder für den Mann beten können, der ihrem Vater das Leben gerettet hat.«

Die Antwort: »Sagen Sie ihnen, sie sollen für Onkel Salvatore beten.«

Die beiden Kommandanten schauen sich noch einige Augenblicke lang an. Der Satz, den der Italiener ausgesprochen hat, hat sie mit einem Mal zu Brüdern gemacht, und Vogels scheint der erste Seemann aus Ostende zu sein, der den Tränen nahe ist. Doch er hat sich im Griff, dreht sich um und steigt ins Boot.

Ich bleibe noch. Auch ich muss ihm etwas sagen.

»Herr Kapitän«, beginne ich, »ich habe keine Kinder, aber –«

»Dann machen Sie welche«, unterbricht er mich, »machen Sie viele.«

»… Ich weiß nicht, wie ich Ihnen danken soll«, stottere ich. So wollte ich meinen Satz eigentlich nicht beenden, aber mir fällt nichts anderes ein. Es ist eine Floskel, nichts weiter, der Onkel Salvatore jedoch Sinn verleiht.

»Es gäbe eine Möglichkeit«, sagt er.

»Wirklich?«

»Ja. Sie haben doch gesagt, Sie hätten einen Abschluss in Altphilologie, richtig?«

»Ja«.

Und jetzt überrascht er mich noch einmal: Er holt eine Brieftasche aus seiner Uniformjacke, zieht ein zerknittertes Stück Papier heraus und reicht es mir.

»Was steht da?«, fragt er mich.

Es ist ein Satz auf Altgriechisch in ungelenker Schrift. Ich lese ihn, zögere jedoch mit der Übersetzung, weil ich den Sinn nicht verstehe. »Wissen Sie, aus welchem Text das stammt?«, frage ich ihn.

Er sagt, er habe nicht die leiseste Ahnung.

»Es könnte aus der *Ilias* sein …«, murmle ich, fast zu mir selbst, und er fragt erneut, was dort steht. »Nichts«, antworte ich, und diesmal bin ich es, der ihn überrascht: »Was, nichts?«

»Es ist eine genealogische Aufstellung«, erkläre ich, «davon gibt es viele in der *Ilias*.« Ich schaue den Mann an, der mir das Leben gerettet hat, versuche mir vorzustellen, was er mit diesem Text zu tun hat, und übersetze: »Sisyphos, Sohn des Aeolus, der als Sohn den Glaukos hatte, der wiederum Bellerophon zeugte, vollkommen und makellos.«

»Ist das alles?«, fragt der Onkel Salvatore.

»Das ist alles«, antworte ich.

Ich gebe ihm das Blatt zurück, er steckt es in die Tasche und lächelt: Diesmal vertieft sich das Lächeln, seine Miene hellt sich auf, ist gedankenverloren, fast wehmütig. »Danke«, sagt er und drückt mir die Hand. Aber ein Händedruck reicht nicht, und ich umarme ihn und spüre sein stählernes Korsett an meiner Brust, aber auch die Wärme des Körpers, den es umschließt; und weil ich kein Soldat, sondern ein Griechisch- und Lateinlehrer bin, der einiges durchgemacht hat, und auch nicht aus Ostende stamme, weine ich, als er meine Umarmung erwidert und mich an sich drückt. Danach steige ich ins Boot, wo Vogels und zwei italienische Seeleute für die letzte Umladung auf mich warten.

Wir legen ab, und er blickt uns nach. Wir gehen an Land, und er blickt uns nach. Wir schließen uns unseren Kameraden an, und er blickt uns nach.

Selbst wenn er im Krieg umkommt, so wird er doch niemals sterben.

MARCON

19. Oktober 1940 | 8:15
Santa Maria, Azoren

Die Bucht heißt Vila do Porto, sie ist wunderschön und glitzert in der Herbstsonne. Die Schiffbrüchigen sind alle von Bord gegangen, die Männer verstauen die Rettungsboote. Nur Giggino und der Arme Bicienzo fehlen, sie sind an Land gegangen, um im Dorfladen die Kombüse zu bevorraten. »Bringt so viele Kartoffeln mit, wie ihr könnt«, haben wir alle zu ihnen gesagt.

Vom Turm der *Cappellini* aus blickt Todaro über die grüne Erde der Insel und scheint zufrieden, vielleicht sogar glücklich zu sein, so glücklich, wie man sein kann, wenn man Krieg führt.

TODARO

Der junge belgische Offizier zitierte mir aus dem Gedächtnis eine Betrachtung Voltaires über das Glück: *Der Mensch sucht das Glück wie der Betrunkene sein Haus, er weiß, dass es irgendwo ist, doch er findet es nicht.*

Diese Fixierung der Philosophen auf das Glück teile ich nicht. Denn was ist im Grunde Glück? Sicherlich kann es kein Ziel sein, bestenfalls eine Belohnung für harte Arbeit.

Wenn ich so darüber nachdenke, liebste Rina, ist mir das eigentlich egal.

Ich schreibe gerade ein Lied für dich, es ist ein trauriges Lied. In Zukunft werden sicher viele zustimmen, dass die schönen Lieder alle traurig sind. Soll ich die ersten Verse andeuten? Nein, lieber nicht. Wenn ich nach Hause komme, singe ich es dir vor, jetzt sind wir bereit, in See zu stechen. Der Grieche nickt, irgendwo in Raum und Zeit.

Ich bin wieder bereit, jeden Feind, der meinen Weg kreuzt, anzugreifen und zu versenken und wieder unverwundbar zu werden, wenn ich ihm das Leben rette.

So wurde es auf See schon immer gemacht, und so wird es auch immer gemacht werden.

Und die, die es nicht so machen, werden verdammt sein.

EPILOG

Einen Monat nach der Versenkung der *Kabalo* gibt Belgien seine Neutralität auf und tritt auf der Seite Englands in den Krieg ein.

Salvatore Todaro stirbt zwei Jahre später, am 14. Dezember 1942. Er wird an Bord des bewaffneten Fischkutters *Cefalo* auf der Rückfahrt nach einem nächtlichen Einsatz vor der Küste von La Galite in Tunesien vom MG-Feuer einer englischen Spitfire getroffen. Im Schlaf, wie er vorhergesagt hatte.

Die gesamte Besatzung der *Kabalo* überlebt den Krieg.

Nach dem Krieg treffen sich Vogels, Reclercq und Kameraden in Livorno, um Rina, Todaros Frau, und die Tochter Graziella Marina zu treffen, die der Comandante nie kennenlernen durfte.

Als Zeichen des Dankes bringen sie eine Gedenktafel am Grabstein Salvatores, ihres Retters, an.

Von den einhundertfünfundvierzig U-Booten der Königlichen Italienischen Kriegsmarine, die im Zweiten Weltkrieg im Einsatz waren, sind nur sechsunddreißig zurückgekehrt. Alle anderen ruhen auf dem Meeresgrund, bedeckt von Kreuzen aus Koralle.

ANHANG

VERZEICHNIS
DER MEERESGOTTHEITEN

AFRIKANISCHE MYTHEN
Mama Wata, Loa, die alle Meeresgeister Afrikas und der afrikanischen
  Diaspora in sich vereint
Agwé, Meeresgottheit

AINU-KULTUR
Repun Ka, Kanuy (Geistwesen) des Meeres in Gestalt des Orca

ARMENISCHE MYTHOLOGIE
Tsovinar, Göttin des Meeres und der Stürme

ASSYRISCH-BABYLONISCHE MYTHEN
Ea, Große Wassergottheit
Tiamat, Gottheit des Chaos und der Salzgewässer, Mutter aller Götter
Sirsir, Tiamats Sohn, Gott der Seeleute

AZTEKISCHE MYTHOLOGIE
Huixtocihuatl, Göttin des Salzwassers
Chalchiuhtlicue, Göttin der Seen, Flüsse, Meere und Stürme

CHINESISCHE KULTUR
Wang Yuanpau, König des Palastes der Östlichen Meere
Mazu, Göttin des Wassers und Schutzpatronin der Seeleute
Aojun, Drachenkönig des Westlichen Meeres
Aoguang, Drachenkönig des Östlichen Meeres
Aoqin, Drachenkönig des Südlichen Meeres

Aoshun, Drachenkönig des Nördlichen Meeres
Hai Re, Gott des Meeres
Hung Shing, Gott des Meeres und Schutzpatron der Fischer
Tam Kung, Meeresgottheit
Shuixian Zunwang, Unsterbliche Edle des Reichs der Meere
Gonggong, Schrecklicher Wassergott, nach dem auch ein Zwergplanet im
   Sonnensystem benannt wurde, dessen kleiner Mond *Xiangliu* nach seinem
   grausigen neunköpfigen und schlangenförmigen Diener genannt wurde

CHRISTLICHE KULTUR
Jungfrau Maria, Stella Maris, Mutter Jesu, Patronin aller Seefahrer
Apostel Petrus, Beschützer der Matrosen und der Päpste
Heiliger Andreas Apostolus, Beschützer der Matrosen, der Fischer und der
   Sänger.
Heiliger Antonius von Padua, Priester und Kirchenlehrer, Beschützer der
   Seeleute, der Fischer, der Hungernden, der Tiere, der Kinder, der Pferde, der
   Schwangeren, der Verlobten, der Eheleute, der Indigenen Amerikas, der
   verlorenen Gegenstände, der Unterdrückten, der Armen und der Reisenden
Heiliger Nikolaus von Bari, Bischof, Beschützer der Seeleute, der Kinder und
   aller, die sich in widrigen Umständen befinden
Heilige Barbara, Märtyrerin, Schutzpatronin der Seeleute, der Architekten,
   der Sprengmeister, der Artilleristen, der Glockengießer, der Umwelt-
   ingenieure, der Bergleute, der Maurer, der Schirmhersteller und der
   Feuerwehrleute
Heiliger Franziskus von Paola, Einsiedler, Gründer des Ordens der Minoriten,
   himmlischer Schutzpatron der italienischen Seeleute, Nothelfer bei
   Bränden, Epidemien und Unfruchtbarkeit
Heiliger Franz Xaver von Navarra, Priester, Beschützer der Seeleute und
   Missionare
Santa Maria von Cervellón, Jungfrau, Beschützerin der Seeleute in Not und
   der Schiffbrüchigen
Heilige Adelheid von Burgund, zweimalige Königsgemahlin von Italien,
   Schutzpatronin der Schiffer, der Bootsbauer und der Hafenarbeiter
Heilige Francesca Cabrini, Missionarin, Beschützerin der Emigranten auf
   ihrer Überfahrt über das Meer
Sankt Elmo, Bischof und Märtyrer, auch Erasmus von Formia genannt,
   Beschützer der Seeleute, der bei Stürmen auf See angerufen wird

Heilige Eulalia von Barcelona, Jungfrau und Märtyrerin, Schutzpatronin der
  Seeleute und Beschützerin vor Dürre
Der selige Pater Gonzáles, Dominikaner, Beschützer der Seeleute und Fischer
Heiliger Phoka von Ortolan (Foca der Gärtner), Märtyrer, Beschützer der
  Seeleute, Gärtner und Gemüsebauern
Heiliger Adalbert von Prag, Bischof und Märtyrer, Beschützer der Seeleute
Heilige Amalberga von Maubeuge, Witwe und Nonne, Schutzpatronin der
  Seeleute und Bauern, angerufen zum Schutz vor Hagelschlag, Prellungen
  und Verstauchungen
Heiliger Cuthbert von Lindisfarne, Bischof, Beschützer der Seeleute
Heiliger Brendan von Clonfert, Abt, Beschützer der Matrosen, Seeleute und
  heiratsfähigen Mädchen

FIDSCHI-MYTHOLOGIE
Daukina, Meeresgöttin
Dakuwaqa, Gott in Haigestalt, Beschützer der Fischer

FINNISCHE MYTHOLOGIE
Ahti, Gott der Tiefsee
Vellamo, Gemahlin von Ahti, Göttin der Stürme

GRIECHISCHE MYTHOLOGIE
Poseidon, König des Meeres und Herr der Gottheiten des Meeres, der Flüsse,
  Stürme, Überschwemmungen und der Dürren, der Erdbeben und der
  Pferde
Amphitrite, Gemahlin von Poseidon, untergeordnete Göttin des ruhigen
  Meeres
Cymopolia, Tochter von Poseidon und Gattin von Briareus, Göttin der
  schweren Stürme
Triton, Gottheit mit Fischschwanz, Sohn von Poseidon
Proteus, anthropomorpher Alter des Meeres, Hüter von Poseidons Robben-
  herde und anderen Meeresbewohnern
Pontus, Urgott des Meeres, Vater der Fische und anderer Meeresgeschöpfe
Thalassa, Urgöttin des Meeres
Brizo, Göttin des Schlafes, Beschützerin der Seeleute
Keto, Göttin der Gefahren und der Meeresungeheuer
Doris, Göttin der Freigebigkeit des Meeres
Eurybia, Göttin der Herrschaft über das Meer

Galene, Göttin des ruhigen Meeres
Psamate, Göttin der Sandstrände
Leukothea, Göttin, die Seeleuten in Not hilft
Phorkys, Gott der in den Abgründen des Meeres verborgenen Gefahren
Thaumas, Gott der Wunder des Meeres, Vater der Harpyien und der Iris,
   Göttin des Regenbogens
Eidothea, Meeresnymphe, Tochter des Proteus
Glauhos, mythischer Fischer, der zum Meeresgott wurde
Nereus, Gottheit des ruhigen Meeres, dargestellt als sehniger alter Mann
Palaimon, Meeresgottheit, die Seeleuten in Stürmen zu Hilfe kommt
Delphin, treuer Bote des Meeresgottes Poseidon

HAWAIISCHE KULTUR
Nāmaka, Meeresgöttin
Kanaloa, Gott des Meeres und des Jenseits, dargestellt als Riesenkalmar
Komohoali'i, Gott in Haigestalt
Ukupanipo, großer Haigott, Bewacher der Fischgründe

HETHITER-MYTHOLOGIE
Illuyanka, der gewaltige Drache der Ozeane

HINDU-MYTHOLOGIE
Samundra, Göttin der Meere
Varuna, Gott der Ozeane und Herrscher über die Ordnung des Universums

INUIT-MYTHOLOGIE
Aipaloovik, Meeresgott des Todes und der Zerstörung
Arnapkapfaaluk, Meeresgöttin
Idliragijenget, Gott des Ozeans
Sedna, Göttin des Meeres

JAPANISCHE KULTUR
Mizuchi, sagenhafter Meeresdrachen

KANANITISCHE MYTHOLOGIE
Yam, Gott des Meeres und des Urchaos
Asherah, Göttermutter und Göttin der Weisheit und des Meeres

KELTISCHE MYTHOLOGIE
Lir, irischer Gott des Meeres
Llyr, walisischer Gott des Meeres
Mannannán mac Lir, irische Meeresgottheit
Nodens, Gott der Genesung, des Meeres, der Jagd und der Hunde

LITAUISCHE MYTHOLOGIE
Gerdaitis, Geistführer der Schiffe und Seeleute

LUSITANISCHE MYTHOLOGIE
Dubertikus, Gott der Meere und Flüsse

MAORI-MYTHOLOGIE
Tangaroa, Gott des Meeres und des Fischfangs

NORDISCHE MYTHOLOGIE
Rán, Göttin des Meeres, die mit ihrem Netz die Ertrunkenen aufnimmt
Njörðr, Gott des Meeres, des Windes, des Fischfangs und der Seefahrt

MYTHOLOGIE DER PHILIPPINEN
Magwayen, Göttin des Meeres und des Todes

PHÖNIZISCHE MYTHOLOGIE
Halieus, der gehörnte Triton, Gott des Fischfangs
Pateci, Schutzgottheit der Seeleute

SLAWISCHE FOLKLORE
Czar Morskoy, Gott des Meeres
Chernava, Sirene, Tochter von Czar Morskoy

SUMERISCHE MYTHOLOGIE
Nammu, Muttergöttin des Urmeeres

VIETNAMESISCHE MYTHOLOGIE
Cà Ông, Gott in Walgestalt, Beschützer der Seefahrer

BESATZUNG DER CAPPELLINI

Comandante Salvatore Todaro
Barletta – Signalgast
Bastino – Bordschütze
Bono – Zweiter Steuermann
Bursich – Chefmaschinist
Cecchini – Bordschütze
Cei – Erster Bordschütze
Cesari – Matrose
Fraternale – Zweiter Offizier
Giggino – Koch
Leandri – Torpedoschütze
Lesen d'Aston – Geschützmaat
Marcon – Obersteuermann
Morandi – Matrose
Mulargia – Bordschütze
Nucifero – Bordschütze
Pace – Navigationsoffizier
Parlato – Erster Torpedoschütze
Poma – Bordschütze
Schiassi – Funkmaat
Stiepovich – Leutnant
Stumpo – Maschinist

NACHBEMERKUNG DER ÜBERSETZER

Im Impressum der italienischen Ausgabe werden vier Berater genannt: für das Venetische, das Sardische, das Sizilianische und das Romagnolische (den Dialekt der Romagna). Dafür gibt es einen guten Grund: Verschiedentlich kommen die jeweiligen Erzähler mit ihren jeweiligen Dialekten bzw. Sprachen zu Wort, in vielen Passagen finden sich außerdem Dialektpartikel eingestreut, die für höhere Emotionalität des Erzählten, aber auch für die Verbundenheit zwischen Sprechern desselben Dialekts stehen. Die Verwendung des Dialekts ist nichts Neues in der italienischen Literatur, man denke an Carlo Emilio Gaddas »Grässliche Bescherung in der Via Merulana«, an die im friaulischen Dialekt geschriebenen Gedichte Pasolinis, an Andrea Camilleris sizilianische Kriminalromane, an neapolitanische Einsprengsel in Roberto Savianos Romanen. Im Roman von Edoardo De Angelis und Sandro Veronesi stammen die einzelnen Mitglieder der U-Boot-Besatzung aus allen Gegenden Italiens, zum Teil verstehen sie sich kaum, und das Sardische, eine eigenständige romanische Sprache, ist so fremdartig, dass es sogar im Funkverkehr als Code genutzt werden kann. Die im Dialekt wiedergegebenen Passagen (stellenweise auch im Original ins Italienische »übersetzt«) sind kein reines Stilmittel, sondern zielen auch darauf ab, zu demonstrieren, wie die Mannschaft trotz aller sprachlichen Verständnisschwierigkeiten unter der Führung ihres Kommandanten zu einer Einheit wird.

Für die Übersetzer stellte sich in diesem Roman in besonderem Maße das Problem der Übertragbarkeit ins Deutsche. Das Ersetzen von Dialekten und Soziolekten durch deutsche Dialekte, in gar nicht so lange zurückliegender Vergangenheit durchaus Usus, war damals so inadäquat wie heute. Wir haben versucht, möglichst oft die bewährten grammatikalischen Mittel zu nutzen – zum Beispiel keine korrekte indirekte Rede, keine Deklination von Indefinitpronomen, Wortstellung wie bei der gesprochenen Sprache, Perfekt statt Präteritum – und ein möglichst umgangssprachliches Vokabular zu wählen.